AF449693

Ai piedi dell'arco baleno

A mio figlio Gerardo

Autore di questa fantastica copertina

Lottavano così come si gioca
I cuccioli del maggio era normale
Loro avevano il tempo anche per la galera
Ad aspettarli fuori rimaneva
La stessa rabbia la stessa primavera….

F. De Andrè
"storia di un impiegato/introduzione"

CAPITOLO 1

LOTTA DI CLASSE

"Il popolo! è forte! e armato vincerà!"

"Il popolo! è forte! e armato vincerà!"

"Lotta, lotta di lunga durata, lotta di popolo armata: lotta, continua, sarà!!"

Maledetta pioggia che continua con insistenza a riempirci gli occhi, ad inzupparci ogni parte del corpo.

"Marco! Marco! Aspetta! Non da quella parte. Vieni ripariamoci."

Sgomitando tra gli altri ragazzi sotto la pioggia battente, con gli occhi socchiusi per riparare la vista dall'acqua, Marco arrivò a fatica presso la vetrina del negozio, dove avevo cercato un momentaneo riparo. Tutto intorno ancora cori, rumore di passi cadenzati e pioggia e freddo. I celerini, in assetto antisommossa, sembravano ombre minacciose provenienti da un altro mondo. Ed invece no! Erano reali e presenti, erano lì impassibili, imperturbabili pronti a scagliarsi contro …. contro chi voleva uno stato migliore anche per loro.

"Comba—ttere, sempre più, continuare a, comba—ttere, sempre più, continuare a, comba—ttere".

Certo che se non ci fosse stata tutta

quella pioggia quel giorno sicuramente le persone presenti al corteo sarebbero state molto più numerose. Il governo aveva varato una serie di leggi che tagliavano di fatto le gambe alla scuola ed all'economia in generale. I salari perdevano sempre più il valore di acquisto ed il tanto declamato boom economico era lontano mille miglia. Nonostante le rassicuranti dichiarazioni, la situazione restava grave. L'industrializzazione del territorio, basata principalmente sul prestito e sui contributi della cassa del mezzogiorno, aveva prodotto nella maggior parte dei casi scheletri di cemento armato che costellavano le fertili valli italiane, come nel caso del nostro territorio, dove il fiume Sacco era ridotto ad una fogna a cielo aperto per i numerosi inquinanti presenti nelle sue acque.

"Maledizione questo tempo ci sta proprio rovinando la giornata", disse Marco tentando di asciugarsi la fronte e gli occhi. Era zuppo come un pulcino: il giubbotto, il maglioncino e i pantaloni sembravano appena usciti da una lavatrice.

Marco era uno di quei compagni che non mollano mai, sempre pronto a darti una mano e a scagliarsi contro chi cercava di fare il furbo. Su di lui ci potevi contare in qualsiasi momento. Il papà di Marco era un operaio grande e grosso che lavorava presso una fabbrica di bicchieri di vetro, prima però aveva lavorato come muratore nei cantieri che a

Roma, dagli anni cinquanta agli anni sessanta, proliferavano un po' ovunque per la "ricostruzione".

"Compagni restate calmi, non accettate le provocazioni, restate calmi". Una voce metallica, l'incitamento alla calma proveniva da diverse parti del corteo. I celerini avevano iniziano ad avanzare verso la testa dello stesso battendo con i manganelli sopra gli scudi. In un attimo con Marco ci trovammo di nuovo in mezzo alla folla, sotto la pioggia. La carica dei celerini avvenne in pochissimo tempo: la cortina di fumo prodotta dai lacrimogeni lasciava senza fiato e loro ne approfittavano per colpire. Colpivano alle spalle, sulla testa, sul seno delle donne, dove capitava e non gli importava se colpivano un ragazzo, un anziano o una donna.

Dopo gli scontri, durati diverse ore, e con piazza del Popolo che si era trasformata in campo di battaglia dove tutto sembrava irreale, quasi parte di un set cinematografico, con Marco e gli altri ci avviammo verso la stazione Termini per prendere il treno e tornare a casa. Della nostra giornata restavano qualche brandello dello striscione che avevamo portato e quella euforia, incosciente, che ci portavamo dentro per il successo della manifestazione. Successo si, perché si era riusciti a mettere assieme gli studenti con gli operai, per protestare contro le ingiustizie.

Non era solo Roma a manifestare ma l'Italia intera: Milano, Napoli, Bologna ... addirittura la nostra pigra e sonnacchiosa Frosinone dove per la prima volta una scuola veniva occupata da studenti e professori: il Liceo Artistico.

L'occupazione durò una settimana, e la maggior parte degli studenti delle altre scuole della provincia solidarizzò con noi. Marco faceva da spola con l'esterno procurandoci, assieme ad altri studenti, cose da mangiare, sigarette e giornali.

"Professor Gianmarco, sappiamo che a Roma diverse scuole sono occupate, comprese le università e che lei ha contribuito all'occupazione dell'Accademia di Belle Arti di via Ripetta, l'informazione da parte della stampa è incompleta ed il più delle volte tende a minimizzare o nascondere la verità. Lei che sta lottando al fianco degli studenti ci dica com'è la situazione". A fare la domanda era stato Giancarlo, un ragazzo dell'ultimo anno.

"Ragazzi! Ragazzi! Ascoltate" – disse il prof Gianmarco – "a Roma la tensione è alta, polizia e squadristi stanno tentando di isolare le scuole e le facoltà occupate, per fare in modo che gli studenti all'interno non trovino più l'apporto esterno, rinunciando di fatto all'occupazione ed alla lotta. Con un volantino abbiamo incitato gli altri studenti ad unirsi a noi e a non lasciarsi intimidire dallo stato di polizia che si sta tentando di instaurare. Diciamo no al governo Andreotti, vogliamo una scuola libera, una scuola che sia di tutti e non una di élite, vogliamo che gli operai vengano pagati per il lavoro che svolgono, vogliamo la nostra dignità di persone. Basta con la scuola di classe, basta con lo sfruttamento dei lavoratori, basta con la politica del clientelismo. Ragazzi non rinunciamo alla lotta, non rinunciamo ai nostri sogni, un domani migliore è possibile e dipende essenzialmente da noi!" Un applauso coprì le ultime parole del professore, ci sentivamo partecipi di un cambiamento che stava avvenendo in maniera graduale e profonda.

"Rosalba, scusami. Hai visto Marco? Doveva essere qui per le 11,00 ma ancora non si vede".

Rosalba, due occhioni azzurri, profondi, un viso bianco etereo, non bellissima, però affascinante, con Marco avevano una relazione e vederli insieme era bellissimo.

"No, ancora non l'ho visto, ma sicuramente sarà qui da un momento all'altro. Hai sentito ciò che ha detto il professore?" –

"Certo – dissi – e sono contento che anche la classe docente, oltre a molti operai, sia con noi, con le nostre lotte".

"Ciao ragazzi, ci siamo. Fuori ci sono i poliziotti ed un gruppo di fasci che stanno tentando di non far avvicinare gli altri studenti alla scuola".

A parlare era Marta, una ragazza del terzo anno. A vederla sembrava una persona gracile con una montagna di riccioli neri che gli scendevano a cascata sulle spalle. Le gambe e le braccia esili ricordavano i manichini delle vetrine nei negozi di abbigliamento, in realtà era una vera e propria combattente, tenace e dura.

"Dobbiamo tentare una sortita". – disse – "Uscire dal retro, dalla porta della palestra e ricongiungerci con gli altri che sono fuori. Assieme possiamo forzare il cordone di polizia e rientrare tutti nell'istituto".

In un attimo ci radunammo all'interno della palestra, eravamo un centinaio di persone; si decise che, mentre la maggior parte di noi sarebbero usciti per unirsi agli esterni, gli altri sarebbero rimasti, una ventina circa, a presidiare la scuola per poi aprire il portone e far rientrare quelli che erano all'esterno. Antonio, un ragazzone di circa un metro e novanta, con un vocione da tenore, era perplesso, scuoteva la testa come per dire che così non sarebbe andata bene. Mi avvicinai

"Se la cosa ti sembra rischiosa – gli dissi – discutiamone, vediamo se c'è un altro sistema per affrontare questa situazione".

"No – rispose – credo che questa sia l'unica soluzione, ma ho paura che comunque non possiamo farcela".

"l'importante è averci provato." – dissi - "Non è detto che non riusciamo a forzare il blocco e rientrare. In qualsiasi caso chi non se la sente di rischiare può tranquillamente restare all'interno della scuola."

Antonio si alzò dalle scale, dove sino ad allora era stato seduto ed assieme ci avviammo verso la porta che dalla palestra dava all'esterno della scuola, sul lato opposto all'ingresso. La tensione era palpabile quando, aperta la porta, tutti assieme corremmo verso il piazzale del Sacro Cuore che si trovava proprio dietro lo stabile, dove c'erano gli altri studenti che dovevano sostenerci. Una corsa lunga pochi metri, ma che sembrò non finisse mai, con i poliziotti che ci correvano dietro cercando di tagliarci la strada e colpendoci con i manganelli, aiutati dai fascisti presenti (per fortuna non molti).

Ricompattati, e più arrabbiati che mai iniziammo ad avanzare contro i poliziotti. I tafferugli durarono quasi tutto il pomeriggio, ma alla fine riuscimmo ad arrivare nuovamente a presidiare la scuola. Urla di gioia, abbracci, baci: sembrava che tutto fosse finito, che noi avevamo vinto la guerra e che dal quel momento sarebbe cambiato il mondo.

Rientrai un po' malconcio, avevo preso più di qualche randellata (non ero il solo) ma ero felice. Marco mi guardò con attenzione e scoppiò in una allegra risata, anch'io risi, ci sentivamo invincibili. Rosalba, Marta, Antonio, Achille, Giancarlo, tutti si sentivano pervasi da uno strano senso di felicità, come quando si è usciti indenni da un grosso pericolo, ma tutti consapevoli che ancora non era finita, che di lì a poco sarebbero ritornati i poliziotti, sicuramente più numerosi.

La notte passò senza che accadesse niente di particolare; Marco e Rosalba, come tante altre coppie, finirono per imboscarsi in qualche aula per restare soli e fare l'amore; chi discuteva dei problemi della scuola, chi cantava sottovoce accompagnandosi con la chitarra, chi cercava di fare amicizia con qualche ragazza che gli piaceva e chi tentava di dormire per cercare di smaltire la stanchezza e la tensione accumulata. Io non avevo sonno e non avevo voglia di discutere, volevo semplicemente restare con me stesso a pensare che forse da quello che era successo, da quello che stava succedendo sarebbe veramente nato un mondo migliore per tutti, un mondo pieno di colore, dove, come dicevano gli studenti del maggio francese, ci sarebbe stata l'immaginazione al potere.

Pensavo a mia madre che sicuramente era preoccupata per ciò che stavo facendo, lei remissiva e abituata a lavorare di continuo, senza soste: a casa, in campagna. Unico suo momento di svago, mi diceva, era stata una volta una gita al mare quando i miei fratelli erano piccoli. Mio padre, che non avevo mai visto come una autorità assoluta, sicuramente era d'accordo con ciò che facevo, lui era uno spirito libero, era contro i potenti e gli sfruttatori, non sopportava i prepotenti e non riusciva mai a stare zitto quando c'erano da prendere le difese dei più deboli.

Il mattino successivo, invece di vederci arrivare addosso i poliziotti come pensavamo, arrivò la notizia che finalmente il Prefetto aveva deciso di ricevere una delegazione di studenti, per ascoltare, assieme al Provveditore, le nostre richieste.

Uscimmo da scuola ed assieme ad altri studenti formammo un corteo diretto alla Prefettura. Saremmo stati all'incirca duemila persone, tantissime per un piccolo capoluogo di provincia come il nostro, attraversammo la città che ci guardava attonita: una cosa del genere non era mai successa. Addirittura per qualcuno era uno scandalo, per altri una perdita di tempo, per noi era forse tutto quello che avevamo e che avremmo avuto. Il Prefetto, così come pure il Provveditore, ci accolse freddamente pensando, come molti del resto, che non avevamo voglia di studiare; fatto è che l'incontro si concluse con quasi un nulla di fatto: alle nostre richieste fu risposto che dovevano pensarci, rifletterci e che nel frattempo era meglio se abbandonavamo l'occupazione dell'Istituto.

Il ritorno a quella che era la "normalità", non fu indolore; abbandonare la lotta, anche se momentaneamente, solo perché ci erano state fatte alcune concessioni, per molti di noi era intollerante. Non si potevano far passare sotto silenzio tutti gli imbrogli che continuavano ad esserci all'interno del mondo della scuola, non si poteva tollerare che la scuola, tutta la scuola fosse distante anni luce dalla realtà lavorativa del paese, e che tutto il paese stesse andando verso una fascistizzazione dello stato. Ciononostante, gli scioperi, le manifestazioni, i concerti di solidarietà, i cortei, sembrava andassero scemando, ed al contempo si stavano creando a sinistra, diversi gruppi politici a volte in contrasto tra loro: da servire il popolo a lotta continua; da stella rossa alla quarta internazionale. E mentre a sinistra si discuteva di come condurre la lotta di classe e chi doveva essere colui che sopra tutti ne era il capo, la destra continuava la stagione del terrore con le bombe ai treni ed in piazza, per poi accusare, complici i servizi segreti, la sinistra.

L'anno scolastico passò in fretta, e con esso passarono gli scioperi, i Manzoni, i Cavour, i Garibaldi, i Raffaello, i Michelangelo …… Anna no! Pensavo di poter far passare anche lei, ed invece no! Spigliata, spiritosa, sempre pronta alla battuta, mai una volta triste. Diceva che la tristezza fa venire le rughe, rende gli occhi cupi e fa il cuore duro. Chissà forse era vero. Si pensava alle lotte, si pensava a cambiare il mondo e forse eravamo in molti ad essere tristi, a non saper cogliere quell'attimo di leggerezza che ci avrebbe aiutato a guardare le cose con più ottimismo.

Anna la incontrai la prima volta durante un'assemblea delle delegazioni degli Istituti. Era molto bella, non una bellezza classica, il viso a ben guardare era leggermente asimmetrico ed il naso un po' lungo, ma non potevi fare a meno di volgergli lo sguardo.

"Ciao, non ti ho mai vista prima, da quale scuola vieni?" – le dissi con fare che sembrava disinvolto, mentre sentivo il rossore avvamparmi il viso. Mi rispose con l'aria di chi avrebbe voluto dire ma cosa vai cercando
"dal liceo scientifico, e tu?",
"dall'artistico" – risposi – "non si nota che sono un piccolo artista?" – cercando di fare maldestramente una battuta spiritosa, ma fui subito seccato

dalla sua risposta :

"Piccolo di sicuro, artista non saprei."

Ci rimasi un pochino male, ma subito lei mi porse la sua esile mano bianca e con un sorriso, che mi lasciò senza fiato:

"Anna".

Deglutii e la mia risposta sembrò arrivare dopo moltissimo tempo

" Franco".

Iniziai a stargli dietro continuamente, sembravo un cagnolino dietro il suo padrone: ero cosciente di questo stato di cose ma non riuscivo a venirne fuori. In genere i ragazzi sono molto più sottomessi delle ragazze, a volte rasentano il ridicolo, non rendendosi conto di come un atteggiamento del genere possa ingenerare nell'altro fastidio e noia. Atteggiamento peraltro dovuto in massima parte ad una insicurezza di se stessi, a volte dovuta all'età a volte dovuta alle deludenti esperienze precedenti che, come mostri famelici, tornano alla memoria nei momenti in cui invece ci vorrebbe più determinazione.

Una splendida giornata di sole di inizio marzo, un sole che lasciava prevedere una lunga e calda primavera. Le giornate iniziavano ad allungarsi e la sera era bello stare fuori a chiacchierare e sentirsi avvolgere dal tiepido calore del giorno appena finito, assieme ad una miriade di profumi che riempivano l'aria e che sembravano stordirti mentre respiravi a pieni polmoni.

Ero con Anna, Marco e Rosalba, ed anche se si era fatto tardi ancora stavamo passeggiando e chiacchierando, ci sentivamo uniti ed eravamo contenti. Io ancora non avevo avuto il coraggio di dichiararmi ad Anna, ma ero sicuro che lei lo aveva capito, lo intuivo da come mi trattava, dal suo sguardo e dal suo bellissimo sorriso. Dagli occhi che sorridevano ogni volta che ci vedevamo, che parlavamo.

"Scusate ragazzi" – disse Marco – "Per me si è fatto tardi, sono quasi le 20,00 e dovrei rientrare" "Oddio – fece Anna – "ho l'autobus alle 20,25 dal piazzale dell'INPS, spero di fare in tempo" e rivolta verso di me "mi puoi accompagnare?"; non chiedevo di meglio. Salutammo Marco e Rosalba e ci avviammo con passo veloce. Arrivammo al piazzale dell'INPS che ancora mancavano 10 minuti circa all'arrivo dell'autobus. Anna stava allegramente parlando di come stavano andando le cose a scuola, che aveva preso un buon voto al compito di matematica e che sicuramente l'anno successivo si sarebbe iscritta alla facoltà di medicina a Roma. Io l'ascoltavo in silenzio, mi piaceva sentire la sua voce, vedere le sue labbra mentre parlava e avrei voluto dirgli tutto quello che provavo per lei e che non avevo ancora avuto il coraggio di dire per paura di un suo rifiuto. Alla fine riuscii a prenderle la mano, lei si voltò quasi di scatto e mi guardò fisso negli occhi. Ora o mai più, pensai tra me.

"è da molto che volevo dirti una cosa …. Ma non so come dirtela"

"sbrigati" – mi rispose con un sorriso malizioso – "altrimenti arriva il pullman e dovrai aspettare ancora chissà quanto"

"Vedi" – continuai – "è da quando ci siamo incontrati che … ti sarai accorta che comunque ti cerco sempre, che preferisco passare il mio tempo con te e che…. Anna io sono innamorato di te. Ho aspettato tutto questo tempo per dirtelo per paura che finisse anche la nostra amicizia con un tuo no. Non voglio che mi rispondi adesso se ti va oppure no di stare insieme a me, l'importante per

me è …"
incrociai il suo sguardo e vidi una luce bellissima nei suoi occhi, mi avvicinai lentamente e la baciai sulle labbra. Ci abbracciammo. Io credevo che il cuore in petto mi scoppiasse o che uscisse da un momento all'altro: per qualche istante tutto scomparve intorno a me: il piazzale le macchine, le altre persone che aspettavano il pullman, c'eravamo solo noi. L'arrivo dell'autobus mi riportò di colpo alla realtà, una realtà che ci separava, anche se per poche ore (ci saremmo rivisti l'indomani mattina a scuola) ma ci separava. La salutai con una strana malinconia nel cuore, mi sentivo leggero stranamente assente. Non avevo voglia di tornare a casa, volevo seguire il profumo di quella

serata magica che non avrei più dimenticato.

"Era ora che rientrassi" – a parlare era mia madre – "se stavamo aspettando te per mangiare saremmo morti di fame da un pezzo. Si può sapere dove sei stato?"
"Lascialo perdere e fallo mangiare in pace, sicuramente avrà avuto da fare con gli altri studenti. A proposito com'è la situazione, visto che ci sei dentro?".
Era mio padre che aveva preso le mie difese, mentre mia madre, con malcelato sorriso, scuoteva la testa come per dire "poveri voi".
"Sai papà la situazione non è molto rosea, come anche tu sai la D.C. continua a fare il bello ed il cattivo

tempo appoggiata dai partiti di destra e la situazione, nonostante gli scioperi e le proteste, non riesce a migliorare." Gli risposi iniziando a mangiare.

"Certo la forza della D.C. assieme agli altri partiti di destra è tanta, ma la colpa è in parte anche la nostra che continuiamo a dividerci, a discutere continuamente su qualsiasi cosa cercando di spaccare in quattro il capello. Abbiamo visto e stiamo vedendo tutt'ora come le nostre divisioni a livello ideologico stanno rafforzando la destra, dando loro la scusante dei disordini e del caos dove intervenire con lo stato di polizia per ripristinare la disciplina." Rispose mio padre, "secondo me non c'è bisogno di fare la rivoluzione, come voi auspicate, anche perché saremmo perdenti in partenza viste le esigue forze a nostra disposizione. Ci vorrebbe invece una sinistra più moderata che pensi a fare delle riforme a favore dei ceti più poveri come gli operai, i contadini ecc …" continuò.

"Si però c'è il problema che finché ci sarà il clientelismo, sarà difficile togliersi di dosso i politici corrotti e non solo al centro e a destra ma anche in molta parte della sinistra. Bisognerebbe, a questo punto, metterli con le spalle al muro, farli uscire fuori, smascherarli. La gente deve sapere a chi ha dato il voto. Deve sapere che i nostri scioperi, le nostre manifestazioni servono anche a loro. La nostra lotta non è caos, non è disordini e scontri con le forze

dell'ordine, come vogliono fare apparire. La nostra è una lotta di classe e la vittoria si conquista solamente attraverso la sconfitta della parte avversa, rendendola innocua, non in grado di poter più nuocere. Solo in questo modo ci potrà essere un mondo migliore, solo così potrà esserci uguaglianza tra gli uomini." Dissi queste ultime parole quasi alzandomi dalla sedia, come se stessi facendo un pubblico comizio. Mio padre sorrise:
"chissà forse avete ragione voi, io mi sono fatto troppo vecchio per la rivoluzione, però sai è difficile accettare che per rivendicare i propri diritti ci sia bisogno di annullare fisicamente chi ci si contrappone. E poi penso a ciò che è successo in

Spagna, a ciò che è successo in tutta Europa, qui da noi, il sangue che si è versato, i tanti giovani che sono morti ed a volte mi chiedo se ne è valsa la pena. Mi chiedo se i vostri sacrifici, la vostra lotta valga veramente la pena condurla sino in fondo, visto che poi alla fine i prepotenti, i padroni della terra l'hanno sempre franca. Qualcosa però va fatta, e forse voi state facendo quella giusta. Comunque finisca ricordati una cosa: non smettere mai di credere in quello che fai, non arrenderti davanti alle difficoltà, ne incontrerai tante, e credi sempre nei tuoi sogni anche se ti sembrano irrealizzabili".

Si versò un mezzo bicchiere di vino che bevve d'un sorso e poi rivolto a mia madre "Io vado a letto, per questa sera basta scioperi e rivoluzioni. Buonanotte!" Mi salutò dandomi una pacca sulla spalla e chiedendomi se avevo abbastanza soldi per andare l'indomani a scuola, risposi che ancora ne avevo, lo ringraziai augurandogli a mia volta, la buona notte.

Nonostante l'ora tarda, era mezzanotte meno un quarto, mia madre ancora stava rassettando la cucina, mi guardò con la coda dell'occhio:
"ma non vai a dormire, o dopo i discorsi di tuo padre ti si è passato il sonno?" disse sorniona.
Mia madre aveva sempre avuto un intuito speciale per quello che mi accadeva, sembrava accorgersi, prima ancora che glielo dicessi, di ciò che

mi era accaduto o che mi stava accadendo.

"o il sonno si è passato a causa di qualche ragazza? È un po' che ti vedo alquanto distratto, come se stessi sulle nuvole" – continuò.

"Zitta mà, non ti ci mettere pure tu, già papà mi ha scombussolato con il suo discorso" risposi.

"si ma com'è bella, ti ha detto di si oppure no?" continuò imperterrita.

La sua era semplice curiosità, era curiosa su tutto, gli piaceva scherzare e, bonariamente, prendermi in giro. Era una persona allegra, solare con tantissima voglia di vivere e nonostante i dispiaceri della vita: un figlio morto quando ancora io non ero nato, la fatica del lavoro della terra, una casa da portare avanti con quattro soldi; la sentivo spessissimo cantare ad alta voce mentre faceva i lavori domestici o i lavori dei campi, in quest'ultimo caso molte volte si univano altre donne al suo canto, e per me era come se ci fosse una festa speciale.

"si è bella, perché sei invidiosa?" gli risposi ridendo.

"ah…. Lo sapevo di cogliere nel segno. Ecco che cos'è tutta questa aria così strana. Però adesso è meglio che vai a dormire altrimenti domani la tua bella ti vedrà stanco e sonnacchioso e chissà a cosa penserà." Mi disse con un sorriso tra il malizioso e la presa in giro.

Gli tirai addosso un'occhiataccia, le augurai la buonanotte ed andai a letto. Non riuscii a dormire quasi tutta la notte. Pensavo in continuazione ad Anna, al bacio che ci eravamo dati quella sera, ai suoi occhi così profondi e pieni di luce. Una luce che sembrava riflettere tutti i colori del mondo. Pensavo alla sua bocca così sensuale, al suo sorriso così disarmante. Alla forza che emanava la sua figura, era sempre in prima linea non si tirava mai indietro, aveva un coraggio da leone ed allo stesso tempo una grande sensualità. Le ore che mi separavano dal rincontrarla non passavano mai, mi rigiravo continuamente dentro il letto con miriadi di pensieri che solcavano la mia mente: progetti per il futuro, il lavoro, la lotta di classe, gli esami di maturità. Già gli esami, con tutto quello che mi stava succedendo erano passati in secondo piano, chissà quali materie sarebbero uscite. La grande paura era matematica: non che fossi negato , ma perché proprio non l'avevo mai recepita. Nonostante gli incoraggiamenti della professoressa non riuscivo ad andare oltre la striminzita sufficienza!

Il mattino era meraviglioso, c'era un sole che splendeva in un cielo azzurro da cartolina. I luoghi che ogni giorno vedevo mentre mi recavo al liceo sembravano avere una luce diversa, sembrava che tutto fosse nuovo. Anche i ragazzi che incontravo sembravano avere un'aria più felice, o forse ero io, innamorato, che vedevo il tutto con occhi diversi. La fermata dell'autobus di Anna era a pochi metri dalla mia scuola, la vidi mentre scendeva, gli andai incontro, ci prendemmo per mano ed assieme andammo a fare colazione. Non riuscivamo a dire una parola; io mi sentivo come paralizzato, impacciato e dopo un silenzio che sembrava esser durato un secolo, con un po' di imbarazzo:

"più ti guardo e più ti trovo molto bella" – dissi.

Anna arrossì, mi prese la mano e la strinse forte portandola verso di sé. Sentii un tumulto dentro di me e avvicinandomi al suo orecchio le sussurrai "ti amo" "anch'io" mi rispose, continuammo a bere il thè, mentre attorno a noi spariva ogni cosa.

Usciti dal bar ci avviammo verso

scuola e mentre camminavamo abbracciati sentimmo una voce che ci chiamava:
"Ei ragazzi ma … cosa vi succede?!" era Rosalba la ragazza di Marco, "finalmente avete deciso che cosa fare voi due, era ora. Non riuscivamo più a capire se avreste avuto il coraggio di mettervi assieme o …. – poi rivolta ad Anna – " Sai solo i sassi non avevano capito quale corte spietata ti stava facendo il povero Franco."

"Che ne sai tu se io lo avevo capito e però volevo tenerlo un po' in sospeso?", gli rispose Anna con uno sguardo furbetto.

"Sono io che dovevo agire prima" – intervenni – "Però adesso è tutto a posto".

"Ah i fidanzatini che si abbracciano",

ci voltammo, era Marco: "bene, bene vedo che alla fine si è giunti ad una soluzione.",

"Non mettertici anche tu adesso. Già ci ha pensato Rosalba a redarguirci." Ridemmo, e avviandoci verso scuola iniziammo a parlare degli esami di maturità che ci aspettavano, a chi potevamo chiedere di fare il membro interno di commissione, come comportarci se avessero deciso di adottare una linea dura nei confronti di chi, durante l'anno, era stato additato come sovversivo ecc... "Scusate, che ne dite se una volta tanto invece di pensare a tutti 'sti cazzo di problemi non pensiamo un po' a noi. Vi andrebbe domani una bella gita al mare?" dissi guardando negli occhi Anna.

"E come ci arriviamo al mare, a piedi,
o con l'autobus?" disse Marco;
"No, ho intenzione di farmi prestare
la macchina da mio fratello Luigi"
risposi.
"Perché no!" Disse Anna, "a me
andrebbe una gita al mare. Dai se
Luigi ci da la macchina è fatta".
La sera chiesi a mio fratello Luigi
se mi prestava l'automobile per
andare a vedere, per motivi di studio
in quanto avevamo lezione di storia
dell'arte, l'Abbazia di Fossanova.
Luigi mi fissò intensamente dopo di
chè mi disse
"Guarda Franco che non sono nato
ieri, sono molto più grande di te e di
"Abbazie" ne ho viste già diverse,
comunque stai attento, hai preso la
patente da poco e…. divertiti"

e infilandosi la mano nella giacca tirò fuori il portafoglio dal quale estrasse una banconota da 5.000 lire dicendo "per la benzina": lo ringraziai e felice presi i soldi e le chiavi della macchina.

La notte fu lunghissima, mi rigiravo nel letto in continuazione, cercando di prender sonno: ma era peggio della notte precedente.

La giornata era calda ed assolata per cui decisi di aprire la capote del maggiolone: guidare la macchina che mio fratello si era comprata con tanti sacrifici mi faceva un certo effetto, da una parte ero molto contento ma dall'altra avevo una paura incredibile che succedesse qualche cosa. Ero al settimo cielo, stavo con Anna al mare, con la macchina e con i miei due amici più cari.

"Marco, lo sai che la prossima settimana a Roma ci sarà una mostra sugli impressionisti. È da tanto che non andiamo a vedere una mostra, e secondo me ci potrebbe aiutare agli esami casomai uscisse storia dell'arte. Che ne pensate, andrebbe anche a voi di venire?" dissi, cercando di convincere tutti che era una cosa utile.

"Certo, si può fare" risposero Marco e Rosalba.

"Io posso accompagnarvi" – disse Anna – "anche se a me non è che serva a sostenere un esame. Però visto che si tratta di andare comunque a Roma per una mostra così importante …" con aria da presa in giro e con un sorriso ironico – "vedrò di stare al

vostro passo. Un po' di cultura in storia dell'arte moderna non mi farà certo male." Disse quest'ultima frase accompagnandola con un'aria altezzosa.
"ma dai, falla finita" – gli risposi – "tu e la tua matematica del cavolo. Comunque se un giorno diverrò un grande artista ti farò portare i conti di tutti i soldi che guadagnerò: sarai la mia segretaria di fiducia."
 "a si!? Te la do io la segretaria di fiducia." Mi rispose dandomi uno scappellotto, e facendo l'atto di corrermi dietro. Marco e Rosalba risero mentre io cercavo di pararmi con le mani la testa da altri eventuali scappellotti.
 Fu una giornata indimenticabile che però trascorse in fretta;   la sera

riaccompagnai Anna a casa con la macchina, non avevo nessuna intenzione di lasciarla andare, avrei voluto che si trattenesse con me per tutta la notte. Restammo a chiacchierare in macchina per un po'. Era una serata tiepida e nell'aria si respirava il profumo della primavera, mi accostai al suo seno, caldo e profumato come la notte che ci stava circondando, avevo una gran voglia di baciarla tutta, di fare l'amore con lei. Erano le dieci di sera, e lei doveva rientrare altrimenti i suoi si arrabbiavano. Erano molto rigidi verso di Anna, non volevano che rientrasse dopo le dieci e trenta di sera, ed erano anche molto gelosi. Un giorno Anna mi raccontò che il fratello era andato a studiare architettura a Milano e che i suoi genitori non avevano accennato ad alcuna protesta, mentre, quando lei aveva paventato l'ipotesi di stare a Roma con una sua amica per poter frequentare la facoltà di medicina, alla quale voleva iscriversi, c'erano state diverse proteste e molti ostacoli, ad iniziare dal fatto che una ragazza sola per Roma tutto il giorno chissà a quali disgrazie sarebbe andata incontro, e che sicuramente in paese si sarebbe fatta una cattiva reputazione: sola a Roma!!! Questa cosa dava molto fastidio ad Anna, si sentiva oppressa e limitata, inoltre non aveva alcuna voglia di viaggiare da Ferentino a Roma e viceversa, per non dire che non voleva finire come molte altre ragazze che erano restate in paese ad aspettare un matrimonio che di fatto sanciva il passaggio delle povere disgraziate, dalle mani del padre a quelle del marito. Una vita piatta, monotona fatta sempre delle stesse ripetute azioni, noiosa: ecco ciò che metteva paura ad Anna. Per questo era sempre in prima linea contro i soprusi e contro le persone prepotenti.

La lasciai andare dopo un lungo bacio, seguendola con lo sguardo fin sull'uscio di casa sua, aspettando che la porta si richiudesse dietro di se, inghiottendola all'interno dell'abitazione.

"Compagni non lasciamoci intimorire dalla politica reazionaria della destra. Ieri, il compagno Aldo è stato aggredito da tre fascisti mentre faceva volantinaggio nei pressi del supermercato Standa, picchiato a sangue è dovuto ricorrere alle cure del pronto soccorso. Quando ha tentato di sporgere denuncia presso la stazione di polizia gli è stato consigliato che era meglio lasciar perdere, perché la colpa era stata anche la sua, se lui stava a casa buono e tranquillo, invece di andare in giro a dare volantini che istigano alla lotta di classe, tutto ciò non sarebbe successo. Questo atteggiamento è intollerante! Non possiamo permettere che le squadracce fasciste vadano in giro a picchiare la gente e la polizia non fa nulla per impedirlo! Dobbiamo reagire! Dobbiamo far vedere che anche noi ci siamo e che non abbiamo certo paura di quattro fascisti del cazzo."

A parlare era Bruno, un ragazzo di Lotta Continua che era al primo anno della facoltà di lettere a Roma. Il fatto si riferiva al giorno prima, durante un azione di volantinaggio a favore degli operai dello stabilimento della Permaflex che erano in sciopero da una settimana. Subito si levò un coro dagli studenti e operai che si erano assiepati in piazza per solidarizzare con il compagno picchiato

"Fascisti, carogne, tornate nelle fogne. Fascisti, carogne tornate nelle fogne. Pia-zza-le Lore-to. Pia-zza-le Lore-to. Pia-zza-le Lore-to."

Arrivarono una decina di camionette con a bordo diversi celerini che scesero e si disposero in assetto antisommossa. La tensione iniziò a crescere, non avevamo alcuna intenzione di disperderci come ci era stato intimato di fare. I primi tafferugli iniziarono all'incitamento del questore ai celerini a caricare, cercammo di reagire. Molti di noi erano riusciti a procurarsi spezzoni di legno che usavano a mo di randelli, altri tentarono di strappare la stoffa dai bastoni che reggevano gli striscioni, ed usarli per difendersi. Per strada incominciarono a vedersi i primi secchioni dell'immondizia capovolti ed usati come mezzo per poter rallentare l'avanzata dei celerini e come riparo momentaneo. Gli scontri durarono diverse ore, a volte sembrava che stessero per cessare, ma bastava poco perché si riaccendessero violenti come prima. Nessuno si tirava indietro, le ragazze sembravano ancor più determinate dei loro coetanei maschi. Qualcuno, anticipando ciò che sarebbe successo, si era preparato anche delle bombe molotov che ad un certo punto iniziò ad usare. Per tutta risposta i celerini iniziarono il lancio dei lacrimogeni e fummo costretti a scappare chi da una parte chi dall'altra. Molti di noi riportarono contusioni e qualche lieve ferita che preferirono curarsi a casa da soli, visto che chi si rivolgeva al pronto soccorso veniva poi denunciato e portato in questura. Io, Anna, Marco e Rosalba avevamo preso qualche colpo, ma niente di serio, quando è iniziato il lancio dei lacrimogeni, come tutti, siamo scappati verso il campo sportivo rifugiandoci poi all'interno del corridoio che dava accesso alla sede di Linea Proletaria. Più che una sede politica, era il posto di lavoro di Salvatore, nostro grande amico e segretario di Linea Proletaria, che metteva a disposizione lo stanzone dove lavorava, per le riunioni e le assemblee che tenevamo.

"'Sti figli di puttana. Sanno solamente colpire chi non è in grado di difendersi." – dissi – "vorrei sapere come fanno a non capire che quello che stiamo facendo, lo stiamo facendo anche per loro, per i loro figli. Avrei una gran voglia di tornare lì fuori con un mitra. Disgraziati, prendersela così con studenti e operai. Maledetti. Ma avete visto cosa hanno fatto a quelli

che sono scivolati e caduti? Li hanno massacrati di botte. Maledetti! Sulla testa senza alcuna pietà!"
Anna mi passò la mano sulla testa

"Calmati adesso dai. Vedrai che prima o poi le cose cambieranno. Adesso purtroppo oltre a quello che stiamo facendo non possiamo fare altro." Si avvicinò dolcemente dandomi un bacio.

"No! non cambierà mai!" – risposi – "o fino a che queste persone saranno libere di fare il bello ed il cattivo tempo. Dobbiamo organizzarci meglio, se non ci riusciremo con le buone dobbiamo usare le maniere cattive."

"Cosa intendi dire" – disse Marco – "passare alla clandestinità, alla lotta armata? Qui non stiamo in Sud

America, dove la povertà diffusa è una grande alleata della rivoluzione. Qui non ti segue nessuno. Su questa strada si rischia di rimanere da soli e di essere anche scambiati per delinquenti comuni. Io capisco la rabbia del momento, però bisogna riflettere ed andare avanti per piccoli passi. Qualcosa l'abbiamo già ottenuta, come lo statuto dei lavoratori, una scuola con meno tasse per gli studenti più poveri, altre sicuramente riusciremo ad ottenerle continuando a lottare. Ma sempre come stiamo facendo e possibilmente unendoci e non frammentandoci, altrimenti rischiamo di fare il loro gioco."

"Ha ragione Marco" – disse Rosalba rivolta a me – "Con la violenza si ottiene solo violenza ed in questo momento non siamo in grado di ribattere colpo su colpo; e poi non credo che siano maturi i tempi per una rivoluzione come quella russa o come quella cinese. Da noi la gente è molto più moderata"

"Più borghese vorrai dire." Risposi un po' arrabbiato.

"D'accordo borghese come dici tu, ma sicuramente non pronta per la rivoluzione."

Anna ci ascoltava in silenzio, i suoi occhi sembravano assenti, solo più tardi mi resi conto che aveva preso un brutto colpo dietro la nuca e che era stata li lì per svenire per il dolore, ma non aveva detto niente per non farci allarmare.

Passammo il pomeriggio

passeggiando per Frosinone, parlando del futuro di cosa avremmo fatto, lei voleva diventare pediatra, gli piacevano molto i bambini e quando ne parlava gli si illuminavano gli occhi. Diceva che avrebbe avuto uno studio tutto suo e che nel suo studio nessun bambino avrebbe pagato, che i soldi per vivere li avrebbe guadagnati lavorando presso una struttura pubblica come gli ospedali. Io sentivo di avere vicino una persona speciale, con una grande sensibilità e mi sentivo fortunato, felice.

"Sai, il prossimo anno andrò all'Accademia di Belle Arti di Roma" – gli dissi – "potremmo prendere in affitto un mini appartamento, io e te, studiare e vivere assieme."

"Mi piacerebbe molto, il problema

è che i miei, se venissero a sapere una cosa del genere, ne farebbero una tragedia" rispose.

"Ma cosa c'è di male. Io non capisco, a volte dici di voler scappare da quel posto maledetto e poi quando si presenta l'occasione ti tiri indietro. Guarda che io sto parlando sul serio e non ho nessuna intenzione di lasciarti, per me vivere assieme sarebbe la cosa più bella del mondo. E non vi è certo bisogno del matrimonio per restare uniti".

"Hai ragione, adesso però vediamo di studiare e superare la maturità poi ne riparleremo."

"Ti fa ancora tanto male la testa?" gli chiesi accarezzandole il viso.

"No per fortuna si è passata. Mi è rimasto solo un indolenzimento ed un piccolo bernoccolo." – scherzando "Non saranno per caso le corna che mi stanno già crescendo?"

La strinsi forte a me e la baciai, tutto avrei potuto fare tranne che andare con un'altra donna o fargli del male in qualsiasi altro modo.

I giorni trascorrevano piacevolmente tra la scuola, lo studio e Anna. Io ero sempre più innamorato e provavo una straziante ma piacevole sensazione di tenerezza e tristezza allo stesso tempo.

La scuola, tranne qualche piccola parentesi legata a scioperi per altro sempre più rari, trascorreva tra alti e bassi, le interrogazioni si susseguivano in maniera quasi cadenzata. Finalmente erano uscite le materie di esame: disgrazia!!!

Matematica, e adesso?? Per fortuna c'era Anna che, dopo un primo "Non parliamone neanche", mi diede una mano con qualche ripetizione che a fatica riusciva ad impormi. Non ero uno studente modello ed anche lei doveva prepararsi per affrontare la maturità, però ce la metteva tutta per farmi capire come apprendere le cose principali, ma i risultati erano scarsi, speravo solamente di poter copiare il compito scritto, poi agli orali mi sarei arrangiato.

Maggio arrivò all'improvviso, e ci colse di sorpresa un caldo già estivo che faceva pensare alle vacanze al dolce far niente: ciò era deleterio per lo studio. Le giornate si erano allungate e sembrava di avere più tempo, però era sempre più difficile vedersi con Anna: la mattina prima di entrare a scuola, il giorno all'uscita e un pomeriggio a settimana, quasi sempre di domenica. Ed è stato in uno di quei pomeriggi di una domenica di fine maggio. Ci vedemmo come sempre a Frosinone, presso il palazzo della Provincia. Era un pomeriggio caldo ed assolato, prendemmo un gelato che mangiammo passeggiando. Lei era vestita con un leggero abito di cotone la cui fantasia ricordava vagamente le decorazioni dei quadri di Klimt, con piccoli cerchi concentrici, triangoli, spirali, e lasciava scoperte gran parte delle gambe: erano bellissime. La guardai tirando un sospiro profondo, quasi invidioso che anche altri occhi potessero osservarla. Avevo una gran voglia di fare l'amore con lei. Fino a quel giorno, erano quasi tre mesi che stavamo assieme, non avevamo ancora fatto l'amore e adesso la mia voglia era tanta. Ci avviammo verso lo studio che Marco e Rosalba avevano affittato in via Santa Maria. Si trattava, in realtà, di una piccola cucina e di una camera leggermente più grande dove loro si vedevano sia per stare assieme sia per studiare che per dipingere. Arrivammo che stavano studiando, avevano i libri di storia dell'arte aperti su di un piccolo tavolo, dalle persiane socchiuse filtrava una luce che dava all'ambiente un'atmosfera di bazar equatoriale, con tutti gli oggetti, i colori, i pennelli, le tele, i fogli buttati in ogni angolo ed i poster appesi alle pareti. Era un luogo dove il disordine aveva la parvenza di un disordine organizzato; l'aria che vi si respirava era un'aria di libertà, di serenità, metteva a proprio agio e sembrava come se fosse un luogo dove tu eri sempre stato, vissuto, ma allo stesso tempo suscitava curiosità per tutto ciò che conteneva e che ancora non conoscevi.

Bevemmo una birra assieme parlando di come sarebbero potuti andare gli esami di maturità e del fatto che sia Marco che Rosalba avevano deciso di iscriversi ad architettura ed andare ad abitare assieme a Roma. Ero invidioso di questo loro progetto, anch'io avrei voluto andare ad abitare a Roma con Anna, ma lei era molto perplessa.

Dopo la birra e le chiacchiere, Rosalba e Marco ci dissero che dovevano uscire perchè avevano una commissione da sbrigare e che comunque noi potevamo restare tranquillamente, loro sarebbero rientrati verso sera. Restammo da soli, avevo una gran voglia di prendere Anna tra le braccia, mi avvicinai e la baciai voluttuosamente, incominciando ad accarezzarla. Ci ritrovammo sdraiati su di un piccolo divanetto che Marco e Rosalba avevano messo in un angolo della stanza, incominciai a togliere il vestito ad Anna, la quale però si sollevò a sedere dicendo che non aveva voglia in quel momento di fare l'amore e che non gli andava di farlo in quel luogo ed in quel modo. Io insistetti, continuai a spogliarla e lei alla fine si lasciò andare. Facemmo l'amore non so per quanto tempo, ripensandoci adesso mi pento di averla costretta a concedersi a me quel giorno. Ero stordito dal suo profumo, dalla sua bellezza, dalle gambe, dal seno, dal suo viso. Tutto era semplicemente meraviglioso, ma non così per lei. Si rivestì in fretta dandomi le spalle e trincerandosi dietro un ostinato silenzio.

"E' stato bellissimo." – le dissi, poggiandogli la mia mano su di un fianco. Lei non rispose, si scostò quasi infastidita sia dalla mia mano che dalle mie parole.

"Che ti succede Anna. Perché ti comporti in questo modo."

"Ti avevo chiesto di non farlo qui

ed in questo modo. Io volevo farlo con te ma in maniera diversa, in un posto che era il nostro, che appartenesse solo a noi. Adesso per me è come non averlo mai fatto, anzi credo che questa è anche l'ultima volta che ci vediamo."

"Ma cosa stai dicendo. Non ti ho mica costretta e poi bastava che mi dicessi prima queste cose. A me è sembrato che anche a te sia piaciuto, e poi non pensavo che potessi avere una reazione di questo tipo. Scusami, ma non lasciamoci per questo, mi sembra assurdo."

"No Franco, non è assurdo. Non mi hai neanche ascoltata quando ti ho chiesto di fermarti. Non sembravi più tu. Avevo sempre pensato che quando avrei fatto l'amore, doveva essere la cosa più bella del mondo e che il giorno in cui sarebbe successo sarebbe stato un giorno indimenticabile. Invece eccomi qui con la voglia di fuggire da te e da questo luogo. Scusami Franco ma non riesco a restare ancora".

Anche se mi dava le spalle capivo benissimo che stava piangendo, mi sentivo un verme. Perché non l'avevo ascoltata, perché ho pensato solo a me stesso rovinando tutto. No! non poteva essere, era solo un incubo, tutto si sarebbe aggiustato, ed intanto non sapevo cosa dire, non avevo neanche la forza di tentare di fermarla mentre apriva la porta e spariva per strada.

"Anna! Aspetta!" ma la voce mi si spezzò in gola. Ero rimasto solo, non riuscivo a capire come era potuto succedere, avevo una gran voglia di urlare e intanto le lacrime mi rigavano le guance.

"Franco ma che hai, dov'è Anna, cosa è successo." Era Marco che appena rientrato assieme a Rosalba si era accorto che qualcosa non andava.

"Anna è andata via e credo che non tornerà più con me." Risposi tra le lacrime "Sono stato io, è stata solo colpa mia."

Spiegai a Marco e Rosalba cosa era successo, mi scusai anche con loro per aver abusato della ospitalità che mi avevano dato. Dopo le spiegazioni, Rosalba cercò di consolarmi dicendomi che ci avrebbe pensato lei a parlare con Anna, che sicuramente era una cosa passeggera e saremmo presto tornati assieme, perché anche a loro sembrava che io e Anna fossimo fatti l'uno per l'altro.

Mi chiesero di restare con loro, di accompagnarli a mangiare una pizza, ma non avevo altra voglia che di restare da solo. Li salutai ringraziandoli per tutto ciò che loro facevano per me, Marco mi abbracciò e mi disse di non mollare, che come per tutte le altre cose che mi erano e ci erano capitate, dovevo continuare a combattere, non gettare le armi.

Ho continuato a combattere, ma Anna non mi ha voluto più vedere, e questa situazione si rifletteva anche sullo studio che andava a rilento. Non riuscivo a concentrarmi, non ricordavo nomi, date, formule: "chi se ne frega, vada come vada, sono stufo anche di pensare a questi fottuti esami." Dicevo fra me.

Arrivò al-fine il giorno degli esami di maturità,

"Il giorno più importante della vostra vita, quello che sancisce il passaggio dall'adolescenza all'età matura. Molti di voi so che si sono preparati a dovere, molti altri forse un po' meno, spero comunque che affrontiate le prove consapevoli che dopo questi esami dovrete affrontarne altri ben più duri, sia per chi ha deciso di continuare gli studi, sia per chi ha deciso di trovare subito un'occupazione. Auguro a tutti un "in bocca al lupo" e la speranza di non ritrovarvi di nuovo qui come studenti il prossimo anno."

A parlare era stato il Preside che ci

aveva radunato tutti nella palestra per questo suo discorso, al quale seguì l'applauso di rito. Entrammo nelle aule per iniziare gli scritti con il compito di italiano, come i condannati all'ergastolo entrano nella loro cella: dimessi, timorosi ed impauriti.

Fare gli esami di maturità mi distolse momentaneamente dal pensare ad Anna. Il compito scritto di italiano era andato bene, come pure quello di "figura disegnata", meno brillante fu quello di matematica che riuscii a copiare solo in parte; di contro mi rifeci all'orale prendendo infine un 48/60.

Tornai a casa soddisfatto per il voto preso comunicandolo ai miei con una certa punta di orgoglio, non tanto per

il voto in se, che per la verità era un po' basso, quanto per il fatto che ero il primo, e l'unico, tra i miei due fratelli, ad aver studiato ed essere riuscito a diplomarmi. La sera a cena ricevetti i complimenti dei miei due fratelli, Luigi e Andrea, uno più grande di me di 7 anni e l'altro di cinque, entrambi lavoravano in fabbrica e non avevano avuto la possibilità di studiare per ragioni economiche. Luigi, con un sorrisetto ironico mi disse:
"Adesso incominciano i veri problemi. Voglio proprio vedere come te la caverai con il lavoro e con la vita, quella vera."
Guardai in faccia tutti e dopo un attimo di silenzio annunciai la mia decisione di continuare a studiare

all'Accademia di Belle Arti di Roma, per i soldi, sapevo che non avevamo la disponibilità economica, avrei cercato un lavoro che mi permettesse di continuare negli studi.

"bene" – disse mio padre – "vorrà dire che avremo un artista in famiglia. Debbo dire che la cosa non mi dispiace, anche se come padre avrei preferito un medico o, visto i precedenti studi, un architetto."

"Io mi prenoto per avere un ritratto fatto dal grande artista Franco Conte" disse mio fratello Luigi prendendomi bonariamente in giro.

"Credo che tu stia facendo la cosa giusta" disse Andrea – "se te la senti devi continuare a studiare e non preoccuparti troppo per i soldi, ti daremo una mano anche noi. Anche se a dire il vero provo un po' di invidia nei tuoi confronti, ma sono orgoglioso di averti come fratello."

Uscii per strada in cerca di qualche amico con cui scambiare due chiacchiere. La serata era di un caldo afoso insopportabile, non vi era un alito di vento. In piazza incontrai Mauro con Silvio che tentavano un approccio con delle ragazze venute in vacanza dai nonni da Roma. Appena mi videro comparire all'angolo della chiesa mi chiamarono:
"vieni Franco che ti facciamo conoscere delle nostre amiche di Roma" disse Mauro.
"ma quali amiche se non ci conosciamo neanche" rispose una brunetta che stava seduta sulla

panchina sotto un alto albero di tiglio.

"piacere Franco, e questi sono i miei due amici Mauro e Silvio" dissi allungando la mano verso la ragazza che aveva appena parlato, la quale mi guardò con aria furbetta

"ma chi vi conosce" disse.

"Mi sono appena presentato, se mi dici il tuo nome è come se ci conoscessimo. Ti Pare? Risposi.

Le altre ragazze che erano con lei sorrisero maliziosamente, mentre Mauro e Silvio si guardavano stupiti per il mio strano comportamento, non mi avevano mai visto fare così. Anche la ragazza rise mi diede la mano e con un sorriso tra l'ingenuo ed il sarcastico

"Luciana e queste sono le mie amiche Maria, Franca e Federica".

Finite le presentazioni andammo a sederci al bar in piazza e prendemmo un gelato. La serata trascorse tra chiacchiere futili, frasi scontate e con il jukebox che non finiva più di mandare canzoncine sdolcinate e lamentose.

Adoro la musica, credo che un mondo senza la musica sia un mondo senza emozioni. I miei artisti preferiti di allora erano Bob Dylan, Crosby – Stills – Nash – Young, De Andrè, Terry Clark inoltre ero patito per il blues, il jazz, la musica classica ma non sopportavamo assolutamente la musica leggera. Ricordo che anche ad Anna piaceva lo stesso tipo di musica. Chissà in quel momento dove era e se mi stava pensando come stava succedendo a me.

Marco e Rosalba so che erano in giro per l'Italia con il sacco a pelo, avevano deciso di vedere più località possibili spostandosi in treno e con l'autostop. Anche loro avevano superato l'esame di maturità riportando buoni voti: 50/60 Marco e 54/60 Rosalba, ed avevano quindi pensato di regalarsi un'estate assieme, in cui sarebbero stati loro due da soli in giro per l'Italia.

Io, Mauro e Silvio ci eravamo ripromessi di andare assieme da qualche parte a passare uno o due giorni in "assoluto riposo" (quando mai avevamo fatto veramente qualcosa di pesante), pensando solamente a divertirci e cercare qualche concerto per ascoltare dal vivo della buona musica. L'occasione capitò con Joan Baez all'Arena di Milano.

Il concerto fu straordinario, al di là delle nostre aspettative; c'era una folla impressionante di giovani come non ne avevo mai visti in tutte le manifestazioni a cui ero stato. Un pensiero mi balenò in mente: chissà se anche Anna era venuta al concerto, forse ci saremmo rincontrati proprio lì. Vana speranza, anche se ci fosse stata non sarei mai riuscito ad incontrarla in mezzo a tutta quella gente. Tutto intorno l'Arena era pieno di celerini pronti ad intervenire in caso di disordini. Molti i cori che si alzarono contro la polizia, contro la guerra, contro il governo e la destra. Durante il concerto ci fu anche un tentativo di carica da parte dei celerini prontamente fermato grazie agli organizzatori e all'intervento, da sopra il palco, della stessa Joan Baez che rivolta ai poliziotti chiese loro più volte di non caricare, visto che il tutto si stava svolgendo nella più assoluta tranquillità.

Restammo fuori due giorni dormendo nei sacchi a pelo e mangiando qualche panino, avevamo fatto amicizia con alcuni ragazzi di Sesto che ci invitarono anche ad andare a casa loro, ma un po' per non disturbare, un po' perché avevamo pochi soldi in tasca e preferivamo rientrare, li ringraziammo declinando la loro offerta e promettendoci a vicenda che ci saremmo rivisti al più presto.

Il ritorno in paese fu più triste del

solito, eravamo alla fine di luglio e molti erano andati via a passare le vacanze da amici o parenti, ma anche molte persone erano arrivate in paese da Roma o altre città per trascorrere qualche giorno con i parenti che ancora avevano in paese. Le strade, il sole, i bar tutto aveva un'aria triste e malinconica. I giorni sembravano trascorrere con esasperata lentezza, ed il caldo estivo contribuiva ad aumentare la noia che sembrava avvolgere ogni cosa.

A rendere le cose ancora più tristi e noiose contribuivano le serate di festa paesana con suonatori da quattro soldi e agitate e starnazzanti cantanti-ballerine che si esibivano mostrando le gambe sul palco della piazza, per il piacere delle persone presenti, che altrimenti non avrebbero saputo cosa fare. Erano le serate che odiavo di più, le serate in cui preferivo restare chiuso nel piccolo giardino di casa a leggere o ad ascoltare musica. Da Roma erano venuti, come ogni anno, dei vicini di casa a trovare la nonna. Erano due fratelli: Claudio e Rossella. Claudio, uno spilungone di 26 anni che strimpellava la chitarra e sembrava che tutta la cultura musicale moderna passasse attraverso di lui perché lui era "de Roma", della capitale e non un "burino" provinciale come noi. Si vantava di poter andare a vedere i cantanti dal vivo, di essere presente alle novità cinematografiche e di andare a passeggio per il centro. A contatto con tutte le novità culturali. Molti di noi lo stavano a sentire estasiati e con una punta di invidia, a me risultava completamente indifferente, anzi certi suoi atteggiamenti di superiorità mi davano fastidio ed evitavo di incontrarlo o parlargli.

Rossella mora con i capelli ricci, tipica diciassettenne borghese, sempre con la puzza sotto il naso. Il suo era un atteggiamento di superiore schifezza verso tutti e tutto che non fosse Roma. In genere stavano a Morolo per circa venti giorni e quelle poche volte che avevo la disgrazia di parlargli si finiva sempre per avere un alterco, specialmente se si parlava di politica e di lotte studentesche. Bigotti e reazionari, la cosa a cui tenevano, loro e la loro famiglia, erano i soldi, fare soldi a tutti costi, anche, e soprattutto, passando sopra gli altri.

"Al mondo bisogna essere furbi, peggio per chi non lo è" ripetevano quando venivano messi di fronte ai problemi delle rivendicazioni salariali dei lavoratori o dello sfruttamento degli stessi.

Era in questo clima di noia e di squallore che cercavo di sopravvivere fino all'arrivo dell'autunno, quando avrei ripreso ad andare a scuola: all'Accademia. In effetti era l'unica cosa per cui avevo ancora voglia di fare, da quando non avevo visto più Anna mi sentivo, oltre che demoralizzato, anche demotivato nel fare le cose. Avrei proprio voluto sapere dove era che cosa stava facendo, come gli erano andati gli esami di maturità e soprattutto se aveva un altro ragazzo. A quest'ultimo pensiero mi sentivo un vuoto di stomaco e sembrava che tutto mi girasse intorno. Non sopportavo l'idea che qualcun altro potesse baciarla, toccarla, vedersi nei suoi occhi. Quegli occhi e quel sorriso che mi mancavano tanto e per i quali avrei fatto pazzie. Continuavo a chiedermi perché ero stato così sordo a quella sua richiesta. Speravo continuamente di poterla incontrare, magari anche per caso, quando andavo a Frosinone a trovare Marco e Rosalba, che a metà agosto erano tornati dal loro vagabondare per L'Italia, ai quali chiedevo in continuazione se erano riusciti ad averne notizie, ed ogni volta ottenevo la stessa risposta:

"No, non siamo riusciti più ne a sentirla ne a vederla, ci dispiace."

L'arrivo dell'autunno da una parte mi portò una malinconia maggiore, dall'altro una nuova euforia, per l'avvicinarsi dell'inizio dell'anno accademico.

Alla fine di settembre mi ero sentito con alcuni ex compagni di classe del Liceo Artistico che, come me, avevano deciso di iscriversi all'Accademia di via Ripetta. Mi avevano proposto di prendere un mini appartamento assieme per poter dividere le spese per stare a Roma, accettai subito, visto che comunque Marco e Rosalba avevano fatto la stessa cosa, andando a convivere.

Questo nuovo stato di cose mi fece momentaneamente passare di mente Anna, risollevandomi il morale. Si iniziava nuovamente a studiare e a parlare di lotta di classe!

CAPITOLO 2
L'IMMAGINAZIONE AL POTERE

Per accedere all'Accademia dovemmo sostenere un nuovo esame: decorazione e storia dell'arte, che superammo brillantemente. Nel frattempo avevamo trovato un mini appartamento composto da una piccola cucina, due stanzette ed un bagno al Tiburtino terzo. L'affitto era abbastanza alto, ma visto che veniva diviso per tre, io, Pino ed Aldo, il costo era sostenibile: venticinque mila lire al mese per uno. Era un po' fuori mano e per arrivare in via Ripetta dovevamo prendere due tram, però eravamo a Roma.

Roma è una città stupenda ed in

autunno il contrasto dei colori degli alberi, con quello delle insegne luminose delle vetrine, rende la città fiabesca, quasi irreale. Prima di allora Roma l'avevo vista solamente di sfuggita: o per andare a qualche mostra o per partecipare a qualche manifestazione. Adesso era diverso potevo viverla, ed in effetti la possibilità di poter visitare gallerie d'arte, partecipare ad incontri culturali, concerti, teatro, cinema, era enorme; unico inconveniente era la quasi totale mancanza di soldi. Questi ultimi, mentre non occorrevano per andare a visitare le diverse gallerie d'arte il cui ingresso era libero, erano indispensabili per tutte le altre cose. Bisognava assolutamente trovare il sistema per guadagnare qualche cosa.

La città era grande e non fu difficile trovare da lavorare anche per solo mezza giornata, i grandi magazzini avevano spesso bisogno di mano d'opera per scaricare e immagazzinare le merci: fu il mio primo lavoro. Avevo avuto la fortuna di incontrare persone comprensive che mi davano la possibilità, molto spesso, di poter cambiare turno in funzione delle lezioni alle quali dovevo partecipare, così da poter frequentare l'Accademia e allo stesso tempo guadagnare qualche cosa.

Il primo giorno all'Accademia fu come entrare per la prima volta in un luogo sacro, era emozionante pensare che stavo entrando nel posto che avevano frequentato numerosi grandi artisti. L'aula non era molto grande ed i cavalletti, sui quali disegnare, occupavano l'intero spazio impedendo quasi ogni movimento se non quello indispensabile al disegnare e dipingere. La maggior parte della mia classe era composta da studenti stranieri provenienti un po' da tutta Europa ed in parte anche da paesi mediorientali. Ero nella classe del Maestro Monachesi, uno dei grandi nomi dell'arte contemporanea. Quasi sempre eravamo seguiti da uno dei suoi assistenti che curavano l'impostazione e le varie tecniche pittoriche, ma quando il Maestro faceva lezione era come se ci fosse una sorta di sacralità e nessuno dei suoi assistenti, ed a maggior ragione noi studenti, osava intervenire.

Era piacevole lavorare assieme a tanta gente che aveva modi e pensieri diversi dai nostri, compreso quello di vedere e sentire l'arte; diversi ma tutti accomunati dall'amore verso l'arte. L'essere immerso completamente in questa nuova avventura che mi assorbiva tutte le energie mi fece quasi completamente dimenticare di Anna. Adesso ci pensavo più di rado, la cosa che più mi premeva era dipingere e andare a vedere cosa c'era in giro, cosa combinavano gli altri. Le lezioni di storia dell'arte erano diventate delle vere e proprie visite guidate attraverso l'arte moderna e contemporanea, il più delle volte si svolgevano all'interno di gallerie che ospitavano opere di grandi artisti contemporanei o mostre tematiche temporanee. Ricordo la prima lezione tenutasi alla galleria nazionale d'arte moderna sui reade-made di Duchamp, dove c'era un ferro da stiro con la piastra completamente ricoperta di chiodi appuntiti!!! Per me, che al massimo ero arrivato a vedere gli impressionisti e che comunque ero culturalmente legato ad un fare artistico imprescindibile dai pennelli e dai colori, fu una cosa scioccante. Come si fa a chiamare arte un ferro da stiro con la piastra piena di chiodi o un orinatoio?! Come può essere arte un sacco di plastica bruciato e assemblato con stracci e sacchi di iuta?! Seguivo le lezioni della professoressa con estremo interesse e curiosità. Avevo voglia di capire il mondo artistico che mi circondava, vedere che cosa stesse succedendo all'arte, quali erano le molle che spingevano così avanti la ricerca artistica tanto da abbandonare il disegno e la pittura.

L'arte non era più, o forse non lo era mai stata, solo disegno e pittura, con copia dal vero o ricerca estetica basata sull'accostamento di colori e forme: il fare arte comprendeva tutto, dal gesto che compiva l'artista nel momento della creazione al concetto stesso. L'orinatoio di Duchamp è un semplice orinatoio, esso assume il connotato di opera d'arte nel momento in cui entra a far parte di un contesto, di uno spazio, galleria o museo, pensato solo ed esclusivamente per contenere opere d'arte. Duchamp non fa altro che prendere un oggetto già esistente ed elevarlo ad opera d'arte ponendolo all'interno di una vetrina di un museo o di uno spazio dedicato all'arte. È un concetto astruso sotto certi aspetti ma che ha apportato una rivoluzione nel campo dell'arte: tutto può essere arte perché espressione del fare, ricerca di un linguaggio attraverso il quale l'uomo esprime se stesso, la sua condizione, le sue emozioni.

Si era impossessata di me la smania irrefrenabile di sapere che cosa stava accadendo a chi faceva arte in un periodo in cui il capitalismo tesseva la sua enorme tela fatta di intrallazzi con il mondo politico, con la mafia, a danno degli operai, dei contadini e degli studenti. Mi chiedevo se il mondo dell'arte, almeno quella parte che sembrava interessarsi solo a se stessa, che sembrava rivolgersi solo a se stessa, avesse motivo di essere. C'erano artisti che, come Guttuso, denunciavano, attraverso la loro pittura, le nefandezze, i soprusi a cui la povera gente, il proletariato era costretto. Artisti che sembravano incitare alla lotta di classe e non parlo solo di arti figurative, ma parlo di musica, di scrittura.

Ero frastornato, da una parte molto incuriosito dall'arte astratta, dal concettuale, dall'arte povera ecc..., che sembravano dare una svolta a tutto un accademismo obsoleto e retrogrado, dall'altra mi chiedevo a cosa servisse l'arte nel mondo che stavamo vivendo. Mi chiedevo a cosa poteva servire, se un operaio il cui salario non gli permetteva neanche di pagare un minimo di affitto, andare (casomai ne avesse avuto il tempo) a visitare una mostra d'arte contemporanea. Quale beneficio ne avrebbe tratto il proletariato, la classe meno abbiente da un'arte che in definitiva era ad esclusivo appannaggio dei grandi capitalisti, dei collezionisti carichi di soldi ai quali non fregava assolutamente niente dei problemi del proletariato. Ed anche nell'arte c'era un giro losco di malaffare, legato a mercanti senza scrupoli a galleristi e critici che dovevano solo cercare di sfruttare il talento dei loro artisti., per facili guadagni.

Con questo stato d'animo e con una gran confusione in testa mi ritrovavo spesso a discutere e ad arrabbiarmi con i miei compagni di classe e molte volte con la mia professoressa di storia dell'arte.

"Sai, molte volte ci facciamo trasportare da sentimenti talmente forti che riescono a bloccare le nostre energie positive, facendoci vedere le cose sotto un aspetto falso."

A parlare era il mio amico Pino che, durante l'ennesima discussione su l'arte contemporanea e il suo ruolo nella società, faceva alcune riflessioni:

"Non sempre l'arte deve essere denuncia," – continuò – "anzi io credo che l'arte deve andare oltre, servire a dare emozioni. Molti artisti già negli anni 50, pur rifacendosi all'arte astratta, cercando un linguaggio esclusivamente estetico, hanno aderito al Partito Comunista senza per questo fare un'arte di denuncia o rifarsi al realismo socialista."

"Certo" – risposi – "però io credo che così sia troppo facile. Nel senso che da una parte ci si dichiara di sinistra, si appoggiano le lotte degli operai, ma dall'altra si pensa poi a fare un'arte che agli stessi operai diventa imperscrutabile, oscura."

"Penso che abbiate ragione entrambi" – disse Aldo – "la verità è che mentre da una parte ci si può e ci si deve schierare con il proletariato, dall'altro non possiamo escludere o abbandonare la ricerca artistica, che, secondo me, è strettamente collegata alla lotta di classe. Mi spiego meglio.

Noi vogliamo che la classe proletaria
non sia emarginata, non solo
economicamente, ma anche
culturalmente, quindi ecco che è
importante che intellettuali ed artisti
diano il loro appoggio. Far capire ad
un operaio, ad un contadino cosa c'è
dietro l'orinatoio di Duchamp o dietro
i tagli delle tele di Fontana, significa
farlo crescere culturalmente. La sua
crescita culturale sarà la vera
conquista che gli permetterà di
prendere ancora più coscienza di sé e
di combattere culturalmente alla pari
con chi adesso lo sfrutta e cerca di
isolarlo. In ogni luogo, la crescita
culturale dell'individuo, va di pari
passo con la sua crescita economica.
Sarebbe sbagliato secondo me
pensare solo ed esclusivamente a

lottare per il salario o il posto di lavoro, bisogna anche voler crescere a livello culturale, competere con i figli dei dottori, degli avvocati, ecc… solo così possiamo pensare di risolvere la situazione del proletariato."

"in linea teorica potresti anche aver ragione" – dissi rivolgendomi ad Aldo – "però non riesco a capire come si possa pensare alla "cultura" se prima non si riesce ad avere di che mangiare quando ci si siede a tavola, o non si riesce a pagare l'affitto."
"D'accordo, è vero che se non si ha di che mangiare o non si ha il lavoro è difficile pensare a farsi una cultura, però a questo punto dobbiamo essere noi, che operiamo in tale ambito a farci carico di far partecipi tutti del nostro sapere e del nostro operare.

Non basta essere solidari e partecipare a scioperi e manifestazioni, dobbiamo anche intervenire sulle coscienze della gente e cercare quanto più possibile a divulgare il sapere. Questo credo che sia uno dei nostri compiti, se non il principale." Rispose Aldo guardando sia me che Pino, il quale annuì con un cenno del capo. La discussione andò avanti per diverso tempo senza che nessuno di noi riuscisse veramente a convincere l'altro.

Alcuni giorni dopo mi capitò di leggere una rivista d'arte che veniva pubblicata a Napoli e che parlava della poesia visiva, del rapporto tra immagine e parola scritta, la rivista di chiamava "Ex", e tra gli artisti presentati c'erano: Ketty la Rocca che mischiava impegno politico ed arte; <u>Joseph Beuys</u> anch'egli impegnato politicamente per sensibilizzare le persone ad una coscienza ecologista, anche se in Germania, durante la dittatura hitleriana aderì al nazismo; Alighiero Boetti; Giulio Paolini; Joseph Kosuth. Gli argomenti trattati erano riferiti ad una diversa concezione del linguaggio che caratterizzava quest'ultima avanguardia internazionale. Questi artisti si collocavano di fatto ai margini dei differenti linguaggi, in contrapposizione o in alternativa al linguaggio espressivo attuale. Questo tipo di ricerca, per me completamente nuovo, mi incuriosì molto e cercai di documentarmi il più possibile, non soltanto attraverso libri e riviste, ma parlandone con chi era addentro tali problematiche. Iniziai così a frequentare quei luoghi e quelle gallerie di Roma che più erano vicine a questo linguaggio artistico. Tutto mi sembrava strano ed incomprensibile, sembrava che tutti avessero solo voglia di giocare con le cose e con se stessi pur avendo un'aria seria e computa. Sembravano non prendersi troppo sul serio ma allo stesso tempo emanavano un'aurea di solenne autorevolezza. Mi accostavo per la prima volta ad un nuovo modo di fare arte che sembrava veramente conciliare la lotta di classe con l'immaginazione al potere. Tutti erano artisti, tutti potevano fare arte, illuminare le coscienze attraverso messaggi e performance, fare partecipi tutti dell'evento artistico coinvolgendo le persone presenti nell'atto artistico. Non più spettatori passivi, o arte solo per i ricchi, ma attori partecipi dell'opera che si stava creando, e che dava anche una svolta, un incentivo in più alla lotta di classe.

CAPITOLO 3
L'ARTE PER SOPRAVVIVERE

In tutto questo mi ero quasi dimenticato di Anna, mi tornava in mente di tanto in tanto, quando guardavo le coppie che si abbracciavano, che si baciavano. Avevo smesso di cercarla e non avevo neanche voglia di avere un'altra storia, per cui non avevo cercato altre ragazze. Uscivo quasi sempre da solo in cerca di luoghi che potessero in qualche modo attrarre la mia attenzione, la mia ispirazione o cercavo qualche galleria aperta dove era possibile vedere mostre ed artisti. L'arte aveva preso il primo posto nei miei pensieri e quasi tutto ciò che facevo era in funzione della creazione di un lavoro. L'Accademia andava a gonfie vele, c'erano dei giorni in cui mi sentivo veramente di essere diventato un artista. I miei lavori piacevano all'insegnante e con storia dell'arte non avevo problemi di nessun tipo; il fatto poi di non dover studiare matematica mi dava un grande conforto. I miei compagni di corso erano allegri e simpatici, avevo fatto amicizia con Ivan un ragazzo che veniva dalla Russia, da un piccolo paese dal nome impronunciabile che ricordo era vicino a Kiev, l'ho ricordato per via dell'ultima tragedia che ha colpito questa città e mi sono chiesto molte volte se il mio amico era lì quando è successo e che fine avesse fatto visto che ci siamo persi completamente di vista pur ripromettendoci di rivederci. Era con lui e con la sua ragazza Daniela, una bellissima ragazza fiorentina, mora con due labbra carnose alta quando lui, un metro e ottanta, che spesso si usciva la sera e con i quali molte volte si faceva mattino tra una discussione e l'altra. A volte mi sentivo in imbarazzo, sembravo il terzo incomodo tra loro due, ma eravamo talmente affiatati che la sensazione di imbarazzo spariva immediatamente. Ricordo di una serata a casa di Ivan in cui lui ci preparò una ricetta tipica della sua terra. Si trattava in pratica di una specie di torta fatta con frittatine di uova sottilissime alle quali veniva aggiunto del formaggio, un poco di farina e del pomodoro; si ponevano una sopra l'altra a formare una sorta di torta, tra i vari strati sottilissimi veniva messo del formaggio, peperoncino e basilico. Era un piatto piccantissimo e secondo Ivan ogni boccone andava accompagnato da un bicchierino di vodka. Il risultato fu ottimo, la frittatine erano squisite e l'accompagnamento con la vodka eccezionale: finimmo per ubriacarci. Era oltre la metà di dicembre e le strade, come le numerose vetrine erano addobbate per il Natale, la miriade di luci colorate sembravano tanti fuochi di artificio che davano un'aria di spensierata festa a tutta la città. Un'aria festaiola lontana da quelle che erano in realtà le esigenze della gente, e da quello, che secondo me doveva essere lo spirito del Natale, fatto di solidarietà, di meditazione. Pensavo al mio paese dove gli addobbi, pochissimi in realtà, avevano un'aria triste, malinconica. Pensavo a casa dove non si era mai, per scelta comune e non per imposizione, fatto ne l'albero ne il presepe, e se non era perché a Natale riuscivamo a mangiare finalmente tutti assieme, sarebbe stato un giorno come un altro.

Uscimmo per strada e nonostante il freddo, a causa della quantità di vodka bevuta, si stava benissimo e quindi decidemmo di passeggiare. Il difficile era stare diritti, molte volte infatti sbandavamo andando a finire gli uni addosso agli altri e quando succedeva scoppiavamo in fragorose risate. Erano le 11 e 30 di sera quando Ivan e Daniela mi salutarono per tornare a casa, loro abitavano assieme come Marco e Rosalba (altri due amici dei quali avevo perso traccia). Arrivai alla fermata di un tram, l'ultimo sarebbe passato alle 23,45 con capolinea a piazza S. Silvestro. Pensai che non avendo altra scelta avrei poi fatto una lunga passeggiata. Poche le macchine che passavano e di persone a piedi ancora meno. Un signore con un cane al guinzaglio, una coppia che rientrava sicuramente da qualche festa (erano vestiti in maniera impeccabile), tre ragazzi che ridevano e scherzavano tra loro mentre rientravano a casa. Arrivò il tram completamente vuoto, era strano trovarsi dentro un tram vuoto, vedere tutta la serie di sedili senza passeggeri, quando al mattino era una specie di lotta il solo poter riuscire ad entrarci dentro, ammassati gli uni agli altri.

Da piazza S. Silvestro tagliai per via del Corso arrivando in fine a piazza Venezia. Non c'era nessuno, mi sembrava di vivere in una fiaba, sembrava che tutta Roma fosse solo mia e che avrei potuto fare tutto ciò che volevo. Era stupendo, non avevo nessuna intenzione di rientrare a casa, volevo ancora camminare, avviarmi verso largo di Torre Argentina ed ancora più avanti verso piazza Navona, tagliare per campo dei fiori.

Una Roma spettacolare dove il gioco tra luci ed ombre sembrava fatto appositamente per far sognare lo spettatore. Dove la notte diventava il luogo dell'indistinto, dell'indefinito ma allo stesso tempo vivo e palpabile. Un luogo dove ogni forma prendeva una consistenza diversa rispetto alla luce del sole, diventando diafane, leggere pur facendo avvertire con la loro massa l'immobile presenza.

Il locale, non molto grande, era frequentato da diversi avventori nonostante l'ora tarda, c'erano due coppie di ritorno dal teatro (sentivo che parlavano di primo e secondo atto) e che si erano fermate a bere un cioccolato caldo, alcuni amici seduti attorno ad un tavolo che sorseggiavano del cognac ed un signore di mezza età che stava leggendo un libro. Tutta gente insonne, pensai tra di me mentre spingevo la porta per entrare.

"Buonasera" dissi entrando, mi rispose un cordiale "Buonasera" da parte del gestore e, quasi sottovoce, "sera", seguito da un cenno del capo, da parte dell'uomo con il libro.

"un caffè per cortesia" chiesi al barista.

"subito" mi rispose, e dopo un poco "Nottata fredda! Credo che stia già gelando lì fuori"
"Ancora no, però penso che manchi poco, in genere gela sempre verso le due tre di notte" risposi.
"Può sedersi se vuole. Qui tanto stiamo aperti tutta la notte" riprese il barista, facendomi cenno con la mano

verso un tavolo vuoto. Era un luogo confortevole, caldo ed accogliente; il signore che leggeva il libro era proprio di fronte a me e per un attimo distolse lo sguardo dalle pagine per darmi un'occhiata, per poi rimettersi a leggere. I ragazzi che stavano bevendo il cognac avevano un'aria allegra e spensierata che sembrava contagiare tutto il locale. Parlavano ad alta voce delle loro bravate, delle loro avventure in città e ridevano a crepapelle, infischiandosene degli atri avventori presenti nel locale. Dal loro canto gli altri non avevano da lamentarsi anzi sembrava che avessero piacere nel sentire le chiacchiere con le risa dei ragazzi, addirittura le due coppie sembravano ascoltare con interesse e ridere di

cuore assieme a loro. L'uomo di fronte a me chiuse il libro e lo poggiò sul tavolo, si girò verso il barista chiedendogli di portare un the, poi girandosi nuovamente verso il libro, come se mi vedesse solo in quel momento,
"Un altro bel the caldo è proprio quel che ci vuole in una notte fredda come questa, non le pare?"
"Io preferisco il caffé, ma credo che lei abbia ragione" risposi.
"E già. La ragione, chi è che non ne ha. Tutti abbiamo ragione"
Allungò la mano per riprendersi il libro che stava leggendo, seguii quel gesto con gli occhi, ero curioso di sapere di che libro si trattava. Per leggerlo a quell'ora di notte ed in quel locale, doveva essere un libro

veramente interessante. Tentai di leggere il titolo sbirciando tra le dita nodose che lo reggevano ma niente da fare. L'uomo accortosi di questo mio modo di fare abbassò il libro e mi disse
"Le città invisibili di Italo Calvino. Ti consiglio di leggerlo è un bel libro."
"Lei è un insegnante per caso?" provai a dirgli.
"No non sono un insegnante. Sono un semplice appassionato di letteratura. E lei dovrebbe essere uno studente, vista la giovane età." Mi rispose.
"Ha ragione, sono uno studente dell'Accademia di Belle Arti" dissi
"Questo è sicuramente un punto a suo favore. Io mi chiamo Alberto e mi occupo di scenografia teatrale, lavoro qui a Roma. Proprio adesso stiamo

preparando uno spettacolo sulle città invisibili di Calvino da mandare in scena al Moderno. Questa sera non avevo sonno e sono uscito a fare quattro passi e venire a leggere qui al Castellino (questo il nome del locale)."

"Uno scenografo" risposi sorpreso, "quindi anche lei ha studiato all'Accademia qui a Roma, che strana coincidenza."

"Le coincidenze non sono mai strane, sono coincidenze e basta" rispose sorridendo.

Iniziammo a parlare di come nasce e si sviluppa una scenografia, di quanto sia complicato, ad esempio, fare una scenografia per un racconto come quello delle città invisibili, in quanto non vi è un soggetto reale.

Appresi che fare il lavoro dello scenografo, come quello dell'artista in genere, è molto faticoso e poco remunerativo. Che quello dell'arte è un mondo dove si fa molta fatica ad emergere perché c'è bisogno di contatti, di conoscenze giuste, per cui molti studenti dell'Accademia, una volta giunti al diploma, preferiscono l'insegnamento alla vita dell'artista. Però disse che Roma è una grande città dove, se uno crede in quello che fa e si impegna nel lavoro, dà molte più possibilità di riuscire ad emergere rispetto alla provincia.

Andammo avanti a parlare per ore di arte, di musica, di teatro non accorgendoci che si erano fatte le cinque del mattino, gli altri avventori nel frattempo erano andati via, ma ne erano giunti di nuovi e io non mi ero neanche accorto di questo andirivieni talmente preso dai discorsi che stavamo facendo. Ci alzammo dalla sedia avviandoci verso l'uscita, nel momento di salutarci Alberto mi scrisse il suo indirizzo con il numero di telefono sopra un foglio di carta, semmai avessi voluto incontrarlo di nuovo o se avessi avuto bisogno di qualche cosa. Fuori c'era un vento gelido che tagliava la faccia, il ghiaccio aveva ricoperto la strada, i vetri delle macchine in sosta, i marciapiedi, c'era il rischio di scivolare e camminavo con molta attenzione. La città aveva iniziato a svegliarsi, in strada c'erano già diverse macchine e diverse persone che appena sveglie attendevano i primi tram che li avrebbero portati al lavoro. Un po' mi vergognai di aver passato la notte senza dormire e a non fare niente fino all'alba, facendo chiacchiere inutili che a loro, già in fila per andare a lavorare, non servivano assolutamente a niente, ma poi tornai a pensare che invece, come avevano detto tante volte i miei amici, era quella l'unica strada per aiutare proprio queste persone a non abbruttire, ad uscire fuori da quella noia quotidiana che è la continua ripetizione dei giorni tutti uguali.

Al magazzino dove lavoravo saltuariamente, mi avevano detto che per il momento non avevano più bisogno di me, e che comunque mi avrebbero fatto sapere non appena si

sarebbe ripreso il lavoro. Fu un duro colpo da assorbire, avevo bisogno di soldi per stare a Roma e per poter continuare a fare arte. Decisi di iniziare a portare i miei lavori in giro per le gallerie per vedere se vi era qualcuno interessato a ciò che facevo. Da tutti ottenni la stessa risposta:
"I lavori sono interessanti, ma lei è così giovane, deve maturare, ripassi tra qualche anno, sono sicuro che avrà lavori molto più interessanti e sarà possibile fare qualcosa. Per adesso continui a lavorare, perché si vede che c'è la stoffa." Oppure
"Ci spiace ma ci dedichiamo solo ad artisti già affermati. Comunque lei è giovane ha tanto tempo davanti a sé, ripassi pure con comodo saremo a sua disposizione."

Intanto il tempo passava ed un altro piccolo lavoro non riuscivo a trovarlo, se c'era chi lo offriva voleva la disponibilità dell'intera giornata e ciò era impossibile perché non avrei potuto seguitare ad andare in Accademia a seguire le lezioni. Ero arrivato alla disperazione, avevo anche pensato di tornarmene in paese e viaggiare come facevano tanti, anche se in questo modo mi tagliavo fuori da quella che era la vita culturale di Roma, e di conseguenza la possibilità di entrare nel mondo dell'arte.

La pausa delle vacanze natalizie fu un vero e proprio momento di sollievo. Stavo a casa, non avevo bisogno di soldi e potevo riunire le

idee con calma. Avevo tempo di ponderare la cosa e vedere come agire per non restare tagliato fuori dall'ambiente dell'arte della capitale. Furono anche l'occasione per rivederci con Marco e Rosalba, anche loro ritornati in provincia per le vacanze. L'incontro fu casuale, stavo a Frosinone camminando lungo il corso quando mi sono sentito chiamare da una voce che riconobbi immediatamente. Mi girai quasi di sobbalzo
"Marco, Rosalba. Che piacere rivedervi ragazzi."
"Ciao Franco, come stai? È da mesi che non ci si vede, che fine hai fatto."
Ci abbracciammo felici per quell'incontro, quasi commossi, non ci eravamo più visti ne sentiti da

settembre.

"Allora come va l'arte?! Immagino che Roma offra tantissime possibilità per lavorare nel campo." E con aria da presa in giro, ma in maniera bonaria – "non come per noi poveri aspiranti architetti che prima di poter lavorare dobbiamo sudare sette camice."

"Hai ragione. Guarda ho così tanto lavoro che non so più dove mettere i soldi." Risposi ironicamente. Ridendo ci avviammo verso il bar che era lì vicino, stava per imbrunire ed il freddo di dicembre si era fatto pungente. Ci sedemmo a bere un cioccolato caldo e tra il tepore del locale e quello del cioccolato restammo a chiacchierare per diverso tempo. Loro erano andati ad abitare assieme, avevano preso in affitto un bilocale in periferia, non pagavano molto, quaranta mila lire al mese, e comunque non avevano grossi problemi, i genitori di Rosalba li aiutavano anche se non erano molto contenti del fatto che convivessero. Il papà di Marco, quando poteva, cercava anche lui di dare una mano, e tutto sommato le cose stavano andando bene.

"Tu hai più rivisto Anna? O hai una nuova ragazza." Disse Rosalba guardandomi negli occhi.

"No, non l'ho più vista. Riguardo alla seconda domanda posso dirti che non ne ho conosciute più neanche di nuove, e che anzi non ho avuto nemmeno il tempo per pensarci, lo studio mi ha assorbito completamente, per non parlare poi degli altri problemi." Risposi.

"Noi siamo riusciti a sapere dove sta a Roma, siamo andati anche a trovarla. È riuscita ad iscriversi a medicina. Anche lei non ha più avuto una relazione sentimentale, anzi, un po' come te, non ne ha neanche voglia di parlare." Disse Rosalba.

Restai in silenzio, non sapevo se chiedere il suo indirizzo o cambiare discorso. Anna mi tornò in mente all'improvviso, da tanto non pensavo a lei. E nel ricordo era più bella che mai, sussultai, deglutii più volte mentre gli occhi mi diventavano lucidi.

"Salutatela per me se la incontrate nuovamente" dissi mentendo.

"Ma come non hai voglia di sapere

dove abita. Non hai voglia di rivederla?"disse Marco

"chissà forse un giorno" risposi soffiandomi il naso con il fazzoletto.

Continuammo a parlare di noi di cosa facevamo e delle nostre intenzioni future. Il tempo passò in un momento, di colpo si erano fatte le nove di sera.

"Se vuoi ti accompagniamo a casa, abbiamo a disposizione la macchina di mio padre:" disse Marco.

"No, non vi preoccupate, mi basta essere accompagnato alla stazione per prendere il treno delle 21,30." Risposi.

Alla stazione ci scambiammo gli indirizzi di Roma, ripromettendoci di non fare come era successo fino ad ora, ma di vederci con più frequenza.

Anna mi era prepotentemente tornata alla mente, era una presenza continua che non riuscivo a scacciare. Ero arrabbiato con me stesso per aver mentito in merito al suo indirizzo, mi chiedevo perché non l'avessi chiesto, a cosa poteva portare questo mio orgoglio: a niente, o meglio a star male. Avevo intenzione di andare da Marco a chiedere quell'indirizzo, tornare a Roma e correre a cercarla ma non lo feci, aspettai che i giorni delle vacanze passassero pigramente tra un pranzo natalizio luculliano, una cena ben augurate di capodanno (a base di lenticchie che portano soldi) ed una stanca e triste Epifania.

Il ritorno a Roma fu una svolta, mi scrollai di dosso la noia ed il torpore in cui ero caduto durante il periodo delle vacanze di Natale. Iniziai a dipingere poster per le stanze dei bambini andando a venderli in giro: tappe obbligate le mete dei turisti (piazza Navona, Campo dei Fiori, Fontana di Trevi, piazza di Spagna). Inoltre avevo trovato un locale notturno, un pub, dove lavorare come barman. Tutti i miei problemi sembravano stessero risolvendosi nel migliore dei modi: avevo abbastanza soldi e potevo continuare a frequentare l'Accademia.

I giorni trascorrevano tranquilli, mi sentivo abbastanza appagato, anche se stanco per il lavoro che lasciava poco spazio al sonno. Avevo dato i miei due primi esami nella sessione primaverile il 24 di marzo: decorazione 1 e storia dell'arte 1 entrambi con 30/30, ero veramente contento. I miei due amici, Pino ed Aldo con i quali dividevo il mini appartamento, avevano dato anche loro gli esami ottenendo entrambi un 30/30 come il mio: avevamo di che festeggiare.

Con marco e Rosalba ci eravamo incontrati a febbraio ad una manifestazione a piazza Navona, era pieno di studenti, gli slogan erano gli stessi dell'anno precedente, come gli stessi erano i problemi che attanagliavano sia la scuola che la società. La sera andammo assieme a mangiare una pizza nei pressi di via dei Chiavari, forse una delle zone più belle di Roma. Fu una bella serata, sembrava essere tornati indietro nel tempo e ci prese un poco di nostalgia che ci portammo nel cuore fin nei nostri sogni di quella notte.

L'anno scolastico finì in fretta, diedi altri due esami che, come i precedenti andarono a meraviglia, Pino ed Aldo non vedevano l'ora di tornare ai loro rispettivi paesi per trascorrervi l'estate con gli amici. Eravamo alla fine di giugno ed una cappa di caldo afoso era scesa su Roma. La sera continuavo ad andare a lavorare al pub, e non avevo alcuna intenzione di tornare in paese. Mio padre, mia madre ed i miei due fratelli li vedevo sempre più raramente, la vita che facevo, tra studio e lavoro, non mi permetteva più di tornare a casa come prima, e poi avevo voglia di stare per conto mio. Decisi che quell'estate sarei rimasto a Roma, i soldi per l'affitto li avevo, potevo continuare a lavorare nel pub fino ad agosto, quando avrebbe chiuso per ferie e ricominciare all'apertura a settembre.

È vero che l'estate la città si svuota, ma è anche vero che è il momento in cui la si gode di più. Gli spazi sembrano più ampi, le cose acquistano una bellezza che in inverno sembra nascosta dall'andirivieni delle macchine e delle persone. Nessuno sembra più avere fretta, tutto si srotola più lentamente, come in un rallenty. Anche i suoni sembrano più ovattati, non c'è il solito rumore di fondo, tipico della città, fatto di motori accesi, di clacson e di chiacchiere che ti accompagna per tutta la giornata, a volte sembra ci sia quasi un silenzio irreale, per certi versi assurdo.

Il lavoro al pub è sempre molto pesante; anche se stiamo in estate vi è sempre tantissima gente che va e viene. Molti degli avventori abituali, andati in vacanza, sono stati, per così dire, sostituiti da diversi turisti stranieri: francesi, inglesi, tedeschi ed americani, che stando in vacanza non hanno problemi di tempo e quindi tirano ogni volta a far mattino tra chiacchiere, sigarette e birra. Tutto questo mi porta a stare a letto fino a tardi per poter recuperare il sonno perduto, dandomi però una sensazione di fastidio e di perdita di tempo. Sto dipingendo pochissimo, e molte volte mi sento così stanco che non riesco neanche a pensare. La sera, prima di iniziare il lavoro, andavo spesso a fare quattro passi dalle parti di piazza Navona, girando tra le bancarelle, i tavoli dei bar e i numerosi turisti che affollavano la piazza fotografando tutto e tutti. Alla moltitudine di colori, di suoni, di lingue diverse, si univano le orchestrine che erano fuori dei bar dando la netta impressione di trovarsi in una città straniera, di un posto dove tutto ed il contrario di tutto sarebbe potuto accadere. Era una piacevole atmosfera di festa, quasi una felicità contagiosa, resa ancor più piacevole dal gradevole venticello serale che alleviava la calura del giorno. Pensai che alla chiusura estiva del pub dove lavoravo, invece di tornare in paese per il mese di agosto, sarei rimasto ancora a Roma magari a cercare di continuare a vendere i miei poster ai turisti.

Fu così che, mentre ero con la mia cartella di poster seduto su di una panchina ai margini di piazza Navona, che conobbi Helen, una dolcissima ragazza inglese, una cascata di riccioli biondi e due occhi furbetti che sembravano leggerti fin dentro l'anima. Si avvicinò chiedendomi se ero un pittore e se i poster che stavo vendendo li avevo fatti io.

"Certo" – risposi quasi in modo stizzoso – "faccio i poster per potermi guadagnare i soldi per studiare. Sto facendo l'Accademia di Belle Arti."

"Vorrei farmi fare un ritratto, sei capace?" mi disse dopo aver dato un'occhiata veloce ai lavori che vendevo. Pensavo mi volesse prendere in giro, pensavo "la solita turista piena di soldi che viene qui a prenderci per il culo, sta stronza"
"Sicuro. Ci puoi scommettere. Vieni mettiti seduta qui e non muoverti". La feci sedere sulla panchina, tirai fuori l'astuccio con le matite colorate dalla borsa che avevo con me, presi un foglio ed iniziai a disegnare. Era molto che non disegnavo dal vero, ma il risultato fu decente, la ragazza restò soddisfatta. Mi diede due mila lire per il ritratto, ed io ne approfittai per invitarla al bar a prendere qualcosa. Facemmo subito amicizia, lei era un tipo molto aperto, era di Liverpool e

si trovava in Italia per studio, frequentava la facoltà di lettere e filosofia, era venuta nella nostra università perché attratta dalla lingua e dalla cultura italiana. I suoi erano rimasti in Inghilterra, suo padre era un notissimo avvocato mentre sua madre era un insegnante di matematica. Figlia unica poteva permettersi tranquillamente di stare qui da noi senza dover lavorare.

"Non avevo voglia di tornare a Liverpool quest'estate, volevo godermi un po' della città eterna senza l'assillo dell'università, degli esami. Passeggiare e vedere tutto con la massima calma" mi disse.

"Anche io ho preferito restare qui a Roma, però non a passeggiare, non ne avrei il tempo, oltre a tentare di vendere poster, lavoro in un pub tutta la notte. Anzi perché non mi vieni a trovare, sai è un posto pieno di turisti stranieri e ci si sta in allegria fino a mattino."

Iniziammo a frequentarci, lei alcune volte mi veniva a trovare a lavoro e restavamo assieme fino al mattino, era simpatica ed aveva la capacità di trasmettere agli altri il buon umore. Inoltre io avevo ripreso la buona abitudine di girare il pomeriggio per le gallerie aperte, in cerca di mostre di artisti contemporanei: Pascale, Close, Beyus, Plessi; riuscii a vedere diversi lavori di più artisti, e più mi accostavo a loro, alle loro opere e più avevo voglia di operare nel campo dell'arte, sentivo che dentro di me c'era un qualcosa che mi divorava l'anima, che voleva uscire fuori e gridare al mondo la sua rabbia e la sua bellezza. In tutto questo Helen mi spronava ad andare avanti, a non fermarmi, a lavorare. Aveva preso a venirmi a trovare anche a casa, perché diceva che gli piaceva guardarmi mentre lavoravo. La cosa mi lusingava e debbo anche dire che Helen incominciava a piacermi, ma era come se avessi paura ad iniziare una nuova relazione sentimentale.

Accadde in un piacevole pomeriggio di agosto, mentre stavo per uscire. Avevo appena finito di lavorare ad un dipinto a cui stavo intervenendo con alcuni inserti in vetro e ceramica, quando sentii bussare alla porta, era Helen. Aveva un'aria più spigliata del solito si mise di fronte al lavoro che stavo finendo ed incominciò a dirmi che forse era la cosa più bella che aveva visto tra i miei lavori. Mentre guardava il lavoro si muoveva continuamente come per osservarlo da diverse inclinazioni. Io la seguivo con lo sguardo, e nell'osservarla notai come il sole che entrava dalla finestra, illuminasse il suo corpo che appariva seminudo nella trasparenza del delicato vestito di cotone. Mi avvicinai lentamente e la baciai dolcemente sul collo. Non disse niente, tiro indietro la testa, poi si girò e mi baciò appassionatamente sulle labbra. Passammo l'intero pomeriggio a letto, a me sembrava che qualcosa stesse per mettersi nel verso giusto anche dal lato

sentimentale: ero felice, perché ero a
Roma, perché potevo dedicarmi
all'arte e perché adesso avevo anche
Helen.

CAPITOLO 4
ARTE PER L'ARTE

L'inizio del nuovo anno accademico fu accompagnato da un "autunno di fuoco", la crisi economica si faceva più dura, la scuola stava diventando un grosso parcheggio per individui che, in attesa di un lavoro che non arrivava mai, erano messi li a studiare con la speranza di poter diventare ingegneri, dottori, avvocati, architetti ecc…e trovare un posto di lavoro stabile e remunerativo. Gli scioperi si susseguivano uno dietro l'altro ed i comitati studenteschi si erano costituiti in tutte le facoltà. Molti compagni si erano dati alla clandestinità per portare avanti la lotta di classe attraverso la lotta armata, gambizzando ed uccidendo quelli che per loro erano i nemici della classe operaia; con una serie di volantini e di comunicati cercavano l'appoggio dei compagni più agguerriti, facendo proseliti non solo tra gli operai ma anche tra gli studenti: iniziava una nuova stagione di terrore. Marco e Rosalba, che finalmente erano tornati dal paese, si misero in contatto con me, anche per sentire che cosa stava succedendo in Accademia e che intenzioni avevamo. Ci demmo appuntamento una sera in centro, mi sembrava veramente un secolo dall'ultima volta che ci eravamo visti a Frosinone. Sembrava che loro due fossero più grandi, diversi, sembrava che avessero perso quella spigliatezza

che avevano prima, quella loro gioia. Vedevo di fronte a me, forse per la prima volta, due persone completamente diverse da quelle che conoscevo e mi sentivo a disagio. Presentai loro Helen, e con malcelato senso di fastidio Rosalba mi disse:
"Bene! Vedo che ti sei ripreso alla grande. Ecco perché non ci hai più cercato."
Non pensai a scuse, dissi apertamente che stavo solo pensando a vedere musei e gallerie e a lavorare e quindi tutto il resto era passato in secondo piano, che era vero che non avevo più pensato a loro.
"E poi con Helen!!" disse Marco rivolto più a Rosalba che a me, come per dire "che cosa vuoi che ce ne freghi di noi due adesso che ha con

chi stare, scusa." La cosa mi diede molto fastidio, anche perché non era assolutamente vero, ma per evitare inutili e lunghe discussioni feci finta di non capire. Continuammo parlando della lotta, degli scioperi, dei comitati studenteschi, di cosa avremmo potuto e dovuto fare, facendoci così scivolare addosso la fresca serata autunnale, senza giungere per altro a nessuna soluzione e ripromettendoci di incontrarci ancora, ma sapevamo già che era una promessa alquanto vana.

L'anno accademico passò tra alti e bassi, con Helen che stranamente era diventata gelosa e non faceva altro che lamentarsi del fatto che non gli davo molta importanza, che non stavo abbastanza tempo insieme a lei e che molte volte sembravo distratto, assente come se fossi lontano. Litigavamo spesso gli ultimi periodi, quando lei mi accusava di avere una relazione con un'altra donna, cosa non vera, dicendomi che avrei dovuto dirglielo, che lei avrebbe capito, che in fondo poteva succedere, e che se ne avessimo parlato tutto si sarebbe accomodato. Ma non era così, non avevo nessuna relazione con altre donne, pensavo solo ad andare in giro a vedere mostre, performance, musei e mi piaceva andarci da solo perché sentivo che era l'unico modo per poter penetrare veramente nell'opera d'arte, senza distrazioni di alcun tipo. E poi non sopportavo più il fatto che lei, con tutti i suoi soldi, mi facesse sentire a volte di essere un povero

disgraziato costretto a vendere un'arte
che non era arte per quattro soldi, per
quelli che lei chiamava pochi
spiccioli.

"Dillo ! Abbi il coraggio delle tue
azioni. Dillo che hai un'altra con la
quale ti vedi." Era la sua voce
diventata stridula per i nervi.
"Non ho nessuna relazione. Helen per
l'ennesima volta, ho l'unica voglia di
restare da solo con me stesso quando
lavoro o quando vado a vedere i
lavori di altri artisti. Non c'è nessuna
donna, come vuoi che te lo dica?"
risposi con calma.
"Bugiardo, non mi incanti con la
scusa dell'arte. Ma vedrai lo scoprirò
e allora….." scoppiò in un pianto
isterico, mi avvicinai per calmarla ma

lei si alzò di scatto, avviandosi verso la porta:
"Non voglio più vederti, tu e la tua maledetta arte, non cercarmi mai più."
Uscì dalla stanza sbattendo la porta, fu l'ultima volta che la vidi. Seppi in seguito che era tornata in Inghilterra e si era messa a lavorare nello studio del padre, non ho mai saputo però se si fosse fatta una famiglia propria.

"Un oggetto, anche se in stasi, si compenetra in un altro oggetto dando origine ad una nuova figurazione. Se per esempio io dovessi dipingere o rappresentare questa stanza con gli oggetti che essa contiene, persone comprese, dovrei tener conto di questa compenetrazione che nella rappresentazione vedrebbe un

sovrapporsi di linee, immagini e volumi che si intersecano e compenetrano tra loro, spezzettandosi e ricomponendosi. Siamo agli inizi del 1900, la società sta cambiando rapidamente, e con essa i modi di fare. La borghesia ………………”
Siamo nella galleria nazionale d'arte moderna, davanti a noi alcuni lavori di Boccioni, la voce è quella della professoressa di storia dell'arte, la lezione è iniziata da un bel pezzo, ma io non ero riuscito ad arrivare prima. Speravo di non essermi perso molto e comunque avrei recuperato, anche se una lezione dal vivo era un'altra cosa, studiando sui libri.
“………..Il futurismo, come movimento tipicamente italiano dell'inizio del secolo, si allarga a tutta

una serie di manifestazioni e modi di fare arte: dagli abiti, agli scritti di Martinetti, ai primi esperimenti di musica elettronica eseguiti con strumenti come ad esempio il gracidatore……."

"Uffa" pensai tra me "ricominciamo con i soliti fascisti del cazzo. Basta con questi futuristi, andiamo avanti. Non se ne può più." Mentre lo stavo pensando ebbi l'impressione di averlo detto ad alta voce e di essere stato sentito dalla professoressa, ma era solo una mia impressione.

La lezione durò circa tre ore spostandoci dai futuristi ai dadaisti passando attraverso il cubismo.

"oggi abbiamo solo fatto un breve e veloce riepilogo di quello che stava succedendo all'inizio del secolo, prendendo in considerazione solo una parte dei movimenti artistici del periodo e tralasciando, li vedremo nelle prossime lezioni, altri movimenti che si stavano affacciando sulla scena dell'arte. Scena che si farà sempre più complicata con intrecci, contaminazioni, separazioni, nascita e morte di nuovi e vecchi movimenti artistici, causa anche la prima grande guerra mondiale, che porteranno ad un incremento di opere e di modi di fare nel campo dell'arte. Vedremo come alcuni di essi si schiereranno apertamente con i movimenti politici, e chi invece inizierà un viaggio di ricerca e sperimentazione per trovare un proprio linguaggio, una propria forma di espressione. Vi ricordo a questo punto che la prossima lezione si terrà nuovamente qui alla Galleria d'Arte Moderna venerdì prossimo alle 15,30. mi raccomando puntualità."

Restai ancora un po' all'interno della galleria a far scorrere negli occhi le immagini dei lavori dei grandi maestri del passato. I colori, le forme, l'odore delle tele, i passi delle persone presenti in Galleria, tutto sembrava contribuire ad accrescere in me la voglia di fare arte. Era così ogni volta che entravo in contatto con dei lavori artistici, ogni volta che visitavo una mostra. Ma era così anche quando leggevo un libro, o ascoltavo musica, o andavo ad un concerto: mi restava sempre dentro la smania di fare e mi sembrava sempre di stare a perder tempo, che quel tempo che sprecavo per ciò che non era legato all'arte era tempo perso. Sentivo il bisogno, quasi viscerale, di trovare una mia strada un mio linguaggio, per questo cercavo di vedere più lavori possibili degli artisti contemporanei, cercavo, quando possibile, di andare a vedere performance, happening, installazioni, video arte.

Mario Merz, Nam June Paik e la video arte, Michelangelo Pistoletto, John Cage e gli happening ed altri artisti e forme di arte contemporanea attiravano la mia attenzione. Era del 1967 l'opera, forse la più discussa, di Michelangelo Pistoletto: La Venere degli Stracci. Avevo visto alcune foto e mi aveva colpito l'accostamento della copia di una statua classica con una montagna di stracci colorati. Il classicismo che, oltre a confrontarsi, si unisce al consumismo. Come diceva lo stesso Pistoletto "al consumismo consumato". È la presa di coscienza dell'arte verso se stessa e del suo ruolo nella società moderna, l'esaltazione del consumismo e la caducità dell'opera d'arte.

Intanto continuavo a vendere poster e a lavorare al pub; i miei due amici, con i quali dividevo l'appartamento, Aldo e Pino, si erano fidanzati con due ragazze di Roma, per cui ci si vedeva sempre più di rado, visto che molte volte restavano a cena a casa delle loro ragazze. Non avevano, poi, molta voglia di impiegare il loro tempo per l'arte. Il pensiero fisso era terminare gli studi, andare ad insegnare in qualche scuola e mettere su famiglia. Conoscendoli la cosa inizialmente mi stupì, ma non mi ero accorto che le cose intorno a me stavano cambiando, o forse ero io ad essere cambiato senza accorgermene. Anche Ivan e Daniela avevo perso di vista. In Accademia non li avevo più visti da subito dopo l'inizio dell'anno, li avevo cercati anche nell'appartamento che avevano preso in affitto ma senza risultati. Solo a primavera inoltrata ricevetti una loro lettera. Erano in Russia, dove abitavano con i genitori di Ivan. Daniela era rimasta incinta a fine estate, dopodichè avevano dovuto sposarsi, decidendo di andare ad abitare dai genitori di lui, anche perché Daniela era stata messa alla porta dai suoi, non appena avevano avuto la notizia della gravidanza. I genitori di Ivan volevano molto bene a Daniela, e ad essa l'unica cosa che adesso mancava era il sole ed il cielo azzurro del mediterraneo. Diceva che il paesaggio intorno a se era quasi sempre grigio e metteva tristezza, mentre il freddo era intenso. Però non stava male, sperava comunque di tornare in Italia quando si sarebbero appianate le cose, e che mi avrebbe scritto per farmi sapere e poterci incontrare. La lettera mi mise di malumore, pensai "Altri due amici persi che chissà se rivedrò", e poi, dalle parole di Daniela mi sembrava di capire che non erano così felici di aver dovuto abbandonare gli studi e l'Italia. Ma forse queste erano solo delle mie elucubrazioni mentali, che facevo magari per giustificarmi del fatto che non ero ancora riuscito a stabilire un legame duraturo con una donna. Tra studio, visite a gallerie, lavoro e pub non mi restava molto tempo per pensare a metter su una relazione seria. Si c'erano state delle brevi storie con delle ragazze che frequentavano l'Accademia, ma niente di serio, semplici flirt che non avevano portato a niente.

La recensione della mostra alla Bonino Gallery di New York, Electronic Art III, di Nam June Paik, dove per la prima volta l'artista coreano utilizza uno strumento che ha costruito assieme ad uno studioso di elettronica, mi mise la curiosità addosso di sapere cosa era la video arte, e cosa era lo strumento creato da Paik ed il suo amico. Si trattava di un sintetizzatore video a colori in cui le immagini apparivano volutamente sgranate e sfuocate. L'intento era quello di trasformare un televisore da passivo passatempo ad attiva creazione. La scena artistica internazionale era passata da pratiche pittoriche a pratiche extra pittoriche, cancellare il passato e considerare l'arte come riflessione sul quotidiano. La televisione è il mezzo colpevole/consapevole, vista l'importanza che aveva acquistato sempre più presso i mass media.

La critica verso un'arte accademica e discostata dal quotidiano si faceva sempre più aspra:, e si ritrovava in tute quelle realtà espressive che intendevano annullare i confini fra arte e vita: Happening, Performance, Lettrismo, Fluxus, Pop Art, Poesia Visiva, Musica Concreta, Internazionale Situazionista ecc… Le piccole cose reali diventano i contenuti forti delle opere che vengono realizzate, mettendo in risalto la profonda divergenza fra la realtà televisiva e la testimonianza televisiva. La prima quale informazione istituzionale, la seconda vista come mezzo di libera comunicazione. Un'arte quindi che si rivolge al quotidiano, a tutti, e non più un'arte per pochi consumatori, se non addirittura un'arte per l'arte, come era successo in passato. È da questi presupposti che sarei partito per continuare a fare un'arte non fine a se stessa, ma che portasse in se il seme della lotta di classe e della conquista culturale del proletariato.

L'Anno Accademico stava finendo, gli altri esami erano andati molto bene, l'arte sembrava andare bene (quella degli altri), l'unica cosa era che iniziavo a sentirmi solo. I luoghi dell'arte frequentati per tutto l'inverno mi avevano si messo la voglia di fare, ma allo stesso tempo mi avevano fatto allontanare dagli altri. Eravamo a fine maggio, Marco e Rosalba non li avevo più visti e dopo il nostro ultimo incontro non li avevo neanche più cercati; Pino ed Aldo erano oramai persi nel vortice dell'amore e non vivevano che per le loro ragazze, stavano già preparando il piano per andare in vacanza assieme a loro.

"Finito l'anno scolastico. Da dopodomani andiamo al mare, tutta vita. Al sole con la ragazza dal mattino alla sera. Tu piuttosto che farai questa estate." Mi disse Pino sorridendo "continuerai a stare a Roma correndo dietro a mostre ed artisti, o finalmente ti deciderai a scendere sulla terra tra i comuni mortali e fare un po' di vacanze?"

"Dai,lascialo perdere" disse Aldo "Non vedi che è talmente preso dalle sue cose che non ricorda più neanche di avere due amici qui con lui. Piuttosto sbrigati a prendere le tue cose che altrimenti le ragazze si arrabbiano che facciamo tardi" "beh, che avevo due amici qui con me non l'ho mai dimenticato. Sicuramente ho capito che abbiamo interessi diversi anche se frequentiamo la stessa scuola. E poi credo di stare sulla terra, il fatto che mi interessi così tanto l'arte non significa che mi sento superiore agli altri, anzi penso di avere più problemi io che molte altre persone. Sono confuso, cerco di darmi delle risposte, delle spiegazioni che a volte mi sembrano scontate e banali, altre difficili da capire e valutare. Non ce lo con nessuno ne tanto meno con voi, è solo che sono fatto così ed in questo momento ho solo voglia di dedicarmi all'arte, anche se questo mi sta portando ad isolarmi. Quello che farò questa estate ancora non l'ho deciso però credo che al 90 per cento resterò ancora a Roma."

Restai a Roma tutta l'estate tornando a casa solo per il giorno di ferragosto e quello successivo. I miei genitori da una parte erano contenti perché stavo riuscendo a mantenermi da solo a Roma, dall'altra erano preoccupati per il mio futuro.
"Non ti ho mai visto così" – disse mia madre – "cosa ti sta succedendo, ti sei lasciato con la ragazza o c'è qualche altra cosa che dobbiamo sapere?"
"No, non c'è nulla di strano, il fatto è che sono completamente preso dalla mia passione per l'arte ed in proposito ho ancora molti dubbi, molte perplessità. Vorrei vivere facendo arte ma non sono molto sicuro che sia la scelta giusta per me. Con quella che

tu chiamasti *la tua bella* è finita oramai da più di due anni, quindi non è certo quello a farmi sembrare strano." Risposi

"Forse la seconda cosa mi avrebbe preoccupata di meno. Comunque hai ancora tempo per decidere cosa fare. Pensaci bene e rifletticci su." Mi fece una carezza, era da tanto che non ne ricevevo una da mia madre e la cosa un po' mi commosse. I miei due "fratellini" finalmente si erano fidanzati ufficialmente. Andrea con Gemma, una ragazza di Supino, un piccolo paese vicino a noi e Luigi con Eleonora che abitava come noi a Morolo e con la quale si frequentavano già da diversi anni. Entrambe erano delle belle ragazze con capelli ed occhi neri, spiritosa ed allegra Gemma, più riservata e taciturna Eleonora, ma entrambe, come diceva mia madre, due bravissime ragazze.

Passò anche il successivo anno Accademico senza che accadesse niente di particolare, tranne il fatto che non avevo avuto più notizie ne di Marco e Rosalba, ne di Ivan, Daniela ed il piccolo o la piccola che era nata. Oramai Roma era diventata la mia città, dalla quale non riuscivo più a separarmi, avevo anche iniziato ad avere qualche rapporto di amicizia con personaggi del mondo delle gallerie che frequentavo. Per il resto solito lavoro e totale assenza di veri amici. La nota positiva era rappresentata dagli esami che, oltre che a stare in regola con il piano di studi, erano andati più che bene, un solo 27/30 ad anatomia, per il resto tutti 30/30.

La ripresa delle lezioni dell'ultimo anno fu caratterizzata da un autunno particolarmente freddo. Oltre al gelo, per altro arrivato in anticipo, Roma era continuamente spazzata da un vento ghiacciato che sembrava tagliare la faccia, e stavamo solo alla metà di novembre. I venditori di caldarroste, avvolti in stracci, come fossero mantelli, sembravano dare un po' di sollievo a chi comprava un cartoccio di castagne arrosto calde, ma era una cosa effimera. Cartelloni pubblicitari coloratissimi invitavano a voler comprare tutto ciò che reclamizzavano. Manifesti vari annunciavano eventi culturali con nomi di tutto rispetto sia per la musica, che per il teatro che per l'arte, ingenerando aspettative e curiosità in chi era interessato. Come quasi tutti i pomeriggi da tre anni a questa parte, ero fermo in piazza Navona tentando di vendere qualche poster, erano le tre di pomeriggio e faceva molto freddo, tanto che avevo voglia di metter via tutto ed andarmene.

"Senta, scusi. Sono suoi questi poster?" Mi girai per vedere chi era interessato all'acquisto di uno dei poster e restai un attimo interdetto, non riconobbi subito Alberto, lo scenografo della mia notte insonne al Castellino di piazza Venezia. Nonostante fosse passato così tanto tempo mi ricordai subito il suo nome "Alberto! Come stai? Non ci siamo più visti. Sai devi scusarmi ma ho avuto diversi problemi." Risposi abbracciandolo.

"Non preoccuparti per questo. Ti perdono." Indicando poi con il dito i poster "sono tuoi questi lavori? E a quando li stai vendendo."

"Otto, dieci mila lire l'uno. È per tirare avanti, l'arte, quella per sopravvivere, non la porto più in giro. La tengo per me stesso." Risposi.

"Sbagli" mi disse Alberto "Devi portarla fuori, farla vedere, altrimenti non serve a niente. A che serve lavorare a questo punto, se nessuno può usufruire del tuo lavoro. E guarda che questo è un principio valido per tutto: per l'arte, per la tecnologia, per la medicina e così via."

Continuammo a parlare per diverso

tempo, gli raccontai della mia vita, del mio rapporto con l'arte, di come mi avevano trattato le gallerie e di tutto quello che mi era successo. Alberto mi ascoltava in silenzio come fossimo amici di vecchia data, di tanto in tanto mi dava una leggera paca sulle spalle, come ad incoraggiarmi. Infine mi disse di andarlo a trovare per il sabato successivo all'indirizzo che mi diede e di portare con me i lavori, come li avevo chiamati io, d'arte per sopravvivere. Si arte per sopravvivere alla noia, alla banalità, al quotidiano, alla sottomissione culturale.

Puntuale, il sabato pomeriggio alle 3 ero a studio da Alberto. Era in un posto bellissimo, al terzo piano al Testaccio. Appena aperta la porta fui investito da un odore acre, che ancora ricordo, fatto di cartoncino misto a collante e al tipico odore della balsa, faceva venire subito alla mente il lavoro certosino di chi assembla modellini e si diverte a colorarli. L'interno sembrava la via di mezzo tra una falegnameria ed una galleria espositiva; c'era di tutto: modellini di teatro in legno di balsa, riproduzioni scenografiche in polistirolo; schizzi e disegni da tutte le parti; seghetti; taglierini di tutte le misure; rotoli di carta; colori; fogli di balsa di tutte le dimensioni.

"Vieni, Franco, entra pure, ti stavamo aspettando." Era Alberto che mi invitava ad entrare – "hai portato i lavori con te spero."

"Si certo. Li ho qui nella cartella. Ho

pensato di portare solamente quelli che per me sono più significativi." Risposi.

Seguii Alberto all'interno dello studio, ad attenderci c'era un'altra persona, un signore sulla sessantina, molto distinto che si presentò come il responsabile artistico della galleria d'arte l'Arco. Dopo le presentazioni di rito, volle vedere i lavori che avevo portato. Mi sentivo nervoso, agitato, mi sembrava di dover superare un'esame dal quale poi sarebbe dipesa tutta la mia vita futura. Mentre guardava i lavori non riuscivo più a sentire ciò che mi diceva, la tensione che avevo addosso era tanta, avevo l'impressione che da un momento all'altro tutto poteva cambiare. Essere giudicati al di fuori dell'ambito scolastico è come farsi fare una radiografia all'anima.

Dopo la visione dei lavori iniziammo una discussione sull'arte sulla sua utilità e sul ruolo che poteva avere nella società attuale. Ero convinto che a quel punto l'arte non poteva essere solo mera denuncia, ma era un qualche cosa di più che elevava l'individuo verso uno stadio diverso, che l'arte era fatta per essere data a tutti, ma che però molte volte, forse il più delle volte, era un compiacimento personale dell'artista che si sentiva realizzato a lavoro compiuto, e non sentiva certo il bisogno dell'approvazione degli altri. Fare arte per sopravvivere alle brutture del quotidiano, forse era questo, al di là della denuncia o della trasmigrazione della realtà nell'opera d'arte, la molla che spingeva alla creazione ogni artista. Parlammo di arte quale labile confine tra rappresentazione della realtà e fantasia, della ricerca estetica e dell'estetica dell'arte in se.

Il lungo pomeriggio da Alberto si concluse a sera inoltrata allorquando Ezio, così si chiamava il curatore della galleria, mi diede appuntamento nella stessa per il mercoledì successivo alle 18,00 e mi disse di portare anche gli altri lavori che avevo fatto. Non stavo più nella pelle, sembravo diventato isterico, non riuscivo a stare fermo. Continuavo a ripetere ad Alberto che non sapevo come fare per ringraziarlo, che senza il suo aiuto sarei rimasto per sempre nell'anonimato ecc…. Alberto dal canto suo, pur con una vena di autocompiacimento, mi disse di non pensare che tutto oramai fosse fatto, che dovevo stare con i piedi per terra, che quello era solo l'inizio e che chissà se i lavori sarebbero stati esposti e poi venduti. Nonostante tutto io continuavo ad essere molto euforico, e decisi che quella sera io ed Alberto dovevamo festeggiare assieme, ed essendogli debitore avevo almeno il dovere di pagargli una pizza.

Il mercoledì sera nella galleria non c'era solamente il sig. Ezio, assieme a lui c'erano altre due persone che mi stavano aspettando. Quando entrai Ezio mi presentò agli altri due suoi collaboratori che, secondo lui,

potevano essere interessati al mio lavoro. Alla fine della visione dei lavori, una quindicina circa, uno dei due mi guardò fisso e mi chiese se avevo altre cose da far vedere o se, oltre a ciò che gli avevo mostrato, facessi altri tipi di pittura. Gli risposi che per necessità economiche facevo qualche poster che vendevo per strada, ma molto di controvoglia. Dopo una serie di domande abbastanza personali, forse per capire meglio il mio carattere, Ezio mi si avvicinò e mi chiese
"Ti sentiresti di lavorare per la nostra galleria."
"mi spieghi di cosa si tratta?!" risposi.
"Molto semplice. Tu ci cedi i diritti delle tue opere, noi pensiamo ad organizzare le mostre, le pubblicità, il

trasporto dei lavori e la vendita. In cambio vogliamo l'esclusiva per almeno sette anni ed il 20% sulle vendite. Inoltre dovrai garantirci un certo numero di lavori al mese." Credevo di stare sognando, credevo che quando mi sarei svegliato avrei avuto una brutta sorpresa. Ed invece era tutto vero, potevo iniziare a lavorare sul serio, avrei venduto e guadagnato facendo quello che più mi piaceva al mondo: fare arte! Ezio mi disse di ritornare il sabato per firmare il contratto e che nel frattempo dovevo lasciargli i lavori e mi chiese anche se avevo bisogno di soldi. Gli risposi che per il momento stavo lavorando presso un pub e che avevo abbastanza denaro, mi rispose che avrei fatto meglio, a quel punto, a dedicarmi maggiormente alla realizzazione di lavori artistici.

Tornai a casa che sembrava non toccassi terra, ero agitatissimo, non riuscivo a stare calmo, non vedevo l'ora di raccontare tutto a Pino ed Aldo, ai miei genitori, ai miei fratelli. In un lampo mi tornarono in mente Marco e Rosalba ormai non li vedevo da due anni e non sapevo dove andare a cercarli, mi sarebbe piaciuto dividere questo momento con loro, in fondo eravamo stati sempre molto legati ed avevamo iniziato ad andare assieme al liceo artistico; e poi Helen fargli vedere che si sbagliava che non c'era nessun'altra donna e che non ero poi un fallito da quattro soldi ed infine Anna, lei più di tutti avrei voluto che fosse stata partecipe di questa mia gioia. Al solo pensarci, nonostante fossero passati quattro anni dall'ultima volta che ci eravamo visti, mi sentivo come un pugno allo stomaco e le lacrime salirmi agli occhi. Chissà se poi tutto questo mio attaccamento all'arte non fosse dipeso dal fatto di esserci lasciati. Iniziai a pensare come potevo fare per sapere dove era, per incontrarla. Avrei dato qualsiasi cosa adesso per avere quell'indirizzo che Rosalba anni prima voleva darmi.

Il sabato tornai in galleria da Ezio portando con me gli altri lavori, firmai il contratto e restammo a chiacchierare per un'ora circa. Ezio mi disse di tenermi pronto perché di lì a due o tre mesi avrei fatto la mia

prima esposizione. La cosa mi sembrava quasi impossibile. Stentavo a credere che una galleria fosse interessata al mio lavoro. La sera stessa raggiunsi Alberto nel suo studio per dargli la notizia.
"Bene penso che adesso sia il caso di festeggiare, che ne diresti di andare a cena da un mio caro amico che ha il ristorante qui vicino?" disse Alberto
"Non chiedo di meglio. Tra una cosa e l'altra oggi mi sono dimenticato anche di mangiare. Sto con un caffè ed una pasta da questa mattina." Risposi.

Dopo la cena restammo in giro diverso tempo, chiacchierando e camminando, ritrovandoci casualmente di nuovo davanti al Castellino di piazza Venezia dove due anni prima ci eravamo incontrati per la prima volta. Entrammo a bere un cognac, la nottata era fredda. L'atmosfera all'interno del locale era la stessa di due anni prima e mi sembrò di tornare indietro nel tempo, adesso però avevo una situazione completamente diversa: non ero più così disperato e senza lavoro.

Tornai in paese per la festa dell'Immacolata portando la bella notizia ai miei. Mio fratello Luigi subito mi chiese scherzando
"Io voglio un tuo lavoro da tenere in casa più uno da poter vendere e diventare ricco come te."
"Anch'io" disse Andrea, "mica mi vorrete escludere."
"A noi due basterà sapere che voialtri sarete diventati ricchi, senza problemi

e soprattutto felici." Era mio padre che stava parlando, poi rivolto a me
"E la lotta di classe? L'immaginazione al Potere? Come le concilierai con la tua futura ricchezza."
"L'arte è lotta di classe ed è immaginazione e potere contemporaneamente. Se i soldi arriveranno non saranno certo il frutto dello sfruttamento del lavoro degli altri e poi i soldi, se tanti, possono servire sempre ad aiutare chi ne ha più bisogno." Risposi

Mia madre aveva gli occhi lucidi per la contentezza, si affrettò a dire che bisognava festeggiare perchè quello era veramente un giorno speciale.

CAPITOLO 5
AI PIEDI DELL'ARCOBALENO

Avevo iniziato ad imbastire la tesi finale, un lavoro basato sulle ultime correnti artistiche e sulla loro influenza nell'arte e sulla società, tra contaminazioni ed interazioni. Il materiale a disposizione non era molto ma confidavo sulle amicizie che avevo fatto nel mio peregrinare in quegli anni dentro le varie gallerie. Intanto realizzavo nuovi lavori che sottoponevo ad Ezio ed al suo staff, la mostra era stata programmata per la metà di aprile e c'erano solo tre mesi di tempo.

Durante le vacanze di Natale tornai in paese, sia per riposarmi un poco e raccogliere le idee, sia perché avevo pensato di andare a cercare Marco con Rosalba, dovevo assolutamente sapere dove era Anna, il suo ricordo era diventato nuovamente un chiodo fisso. Nel frattempo con i soldi che avevo iniziato a prendere dalla galleria mi ero comprato una macchina usata una Citroen charleston 2 cavalli, andava pianissimo ma in compenso consumava poca benzina e pagava poco sia di bollo che di assicurazione.

Un pomeriggio, subito dopo Natale mi recai a casa di Marco a Ceccano per cercare di avere sue notizie. Il padre mi disse che non erano tornati per le feste, che erano rimasti a Roma perché avevano diverse cose da sistemare, sapeva che avevano trovato lavoro presso uno studio di architettura associato, mi feci dare l'indirizzo e lo salutai. Mentre andavo via pensai che tornando a casa, sarei potuto passare per Ferentino, vicino la casa di Anna, chissà forse con un po' di fortuna l'avrei potuta incontrare.

Passare davanti la casa di Anna fu una cosa terribile, sentivo il cuore che batteva sempre più forte man mano che mi avvicinavo, da una parte avrei voluto incontrarla, vederla, parlargli; dall'altra avevo paura che l'incontro avvenisse, forse perché non avrei saputo cosa dire, mi sarei trovato impreparato, impacciato e avrei sicuramente finito per rovinare ogni cosa.

Passai dentro Ferentino rallentando ogni volta che incontravo un gruppo di persone, ma di Anna nessuna traccia. Pensai "Meglio così", ma non era vero.

Ci ritrovammo più di una sera con gli amici di sempre a bere, ridere e chiacchierare. Silvio si era fidanzato con una ragazza di Anagni e aveva intenzione di convolare a giuste nozze per l'inizio dell'estate, lavorava in una fabbrica di medicinali che si trovava nella piana tra Sgurgola ed Anagni, lo stipendio era buono ed il lavoro non era pesante. Mauro invece era riuscito ad entrare in ferrovia grazie ad un suo parente che lo aveva fatto assumere come controllore. Non aveva ancora trovato l'anima gemella, anzi a sentire lui se ne voleva ben guardare, diceva sempre che la libertà è una cosa sacrosanta e che non valeva la pena perderla per una donna.

Le festività passarono in un lampo e mi ritrovai di nuovo a Roma a lavorare su due fronti: la tesi di laurea e la mostra di aprile. Mi sentivo pressato da entrambe le cose, avrei voluto andare a cercare Marco e Rosalba, sapere di Anna, ma il tempo che avevo a disposizione era proprio poco e quindi mi costringevo a rimandare la cosa di giorno in giorno.

"Ciao, quanti lavori mi porti oggi? Ricordati che devi farne ancora una decina buoni, e hai a disposizione solo tre mesi scarsi." Ezio mi stava parlando con voce pacata ma ferma.
"Scusa, hai ragione. La tesi mi sta rubando un mucchio di tempo, vorrei consegnarla per maggio in modo da

discuterla a fine giugno" risposi
"D'accordo, però ricordati che se non curiamo per bene la mostra, rischiamo di bruciarci sia noi che te. Quindi vedi cosa devi fare."

Tornai a casa stanco morto più per lo stress che per il lavoro fatto; ero passato in diverse gallerie per raccogliere l'ultimo materiale per la mia tesi, dovevo assolutamente chiuderla entro il mese di febbraio se volevo salvare anno Accademico e mostra. Mi misi subito a sfogliare il materiale che avevo preso sottolineando e riscrivendo tutto ciò che mi sembrava essere utile, mi addormentai sul tavolo per la stanchezza, svegliandomi verso le due di notte con un torcicollo dolorosissimo a causa della posizione in cui mi ero venuto a trovare con la testa. Andando a letto pensai che sicuramente l'indomani non sarei riuscito ad andare in Accademia per la stanchezza, e però avrei utilizzato il tempo per finire di battere la tesi e ricontrollare ciò che avevo fatto.

Il mattino fui svegliato dal prolungato suono del campanello di casa, erano già le dieci e trenta, non ero riuscito a svegliarmi prima e stavo prendendomela con me stesso per il tempo perso. Arrivai ad aprire la porta ancora in pigiama, era mio fratello Andrea che era venuto a Roma per ragioni di lavoro ed aveva pensato bene di passare a trovarmi.

"E' così che studi? Lo sai che ore sono, brutto mascalzone" mi disse con un sorriso ed un'aria da presa in giro.

"Andrea?! Che sorpresa. Dai entra. Cosa ci fai qui a Roma." Ero contento che mio fratello fosse venuto a trovarmi.

"Sono a Roma per ragioni di ufficio e visto che ho già finito quello che dovevo fare ho pensato di farti una sorpresa"

"E ci sei riuscito perfettamente. Siedi, vado a vestirmi e poi prendiamo un caffè".

Uscimmo per strada, non dissi ad Andrea che quel giorno volevo dedicarlo alla revisione della mia tesi, mi piaceva il fatto che lui fosse li a Roma e che avevamo la possibilità di passare un po' di tempo assieme.

"Allora, come ti vanno le cose è pronta questa tesi di laurea? Guarda che voglio essere avvertito per primo quando la dovrai discutere. E la mostra? Oramai manca poco all'apertura di questa tua prima uscita nell'ambito della scena artistica". Disse con aria seria, quasi con reverenza.

"Si, la tesi devo solamente rivederla per aggiustare alcune cose e consegnarla, per quello che riguarda la mostra ho da consegnare ancora alcuni lavori, passare in tipografia per controllare assieme ad Ezio le bozze dei manifesti e del catalogo, dopo di chè dovrei avere tutto sotto controllo, nel senso che dovrei aver finito tutto." Risposi

"Hai bisogno di qualcosa" chiese "di soldi, di una mano, che so per trasportare i lavori, portarli dal

corniciaio, dimmi tu"
"Ti ringrazio, non preoccuparti, eventualmente ti farò sapere. Ma dimmi, mamma, papà, Luigi come stanno, e Gemma? hai proprio una bellissima ragazza sai."
"Piano ragazzo!" rispose ridendo "Cosa ti sei messo in testa", poi poggiandomi una mano sulla spalla "lo so che è una bella ragazza, scusa che pensavi che tuo fratello si mettesse con una racchia?" continuò a ridere "gli altri tuoi comparenti stanno benissimo, mamma e papà borbottano sempre, sai come sono no? Luigi lavora e sta bene, con Eleonora vorrebbero sposarsi al più presto, stanno già cercando casa, e credo che resteranno a Morolo. Ma tu non hai la ragazza , oppure non vuoi farmela

conoscere?"

"Dai lo sai benissimo che in questo momento sono preso da tutt'altre cose. Altro che ragazza se non finisco tutto in tempo rischio di fare un grande buco nell'acqua, con tutto ciò che ne consegue, e non ne ho nessuna voglia." Risposi.

Passammo quasi tutta la giornata assieme, andammo a mangiare alla trattoria da Mario, l'amico di Alberto, e girammo per Roma tutto il tempo. Andrea mi disse che Roma così non l'aveva mai vista, che lui qualche volta che ci era venuto era stato solo per lavoro e non la conosceva quasi per niente, che era una città bellissima, e che quando avrebbe avuto più tempo gli sarebbe piaciuto rimanerci più giorni e girarla con calma. Lo riaccompagnai al treno che erano le 19,45, lui mi ringraziò per la bella giornata passata assieme e che al più presto sarebbe tornato a trovarmi, magari con Gemma, Luigi ed Eleonora. Mentre il treno partiva, avevo la sensazione che un pezzo di me partiva con esso. È sempre triste veder partire un treno con dentro una persona cara che non sai dopo quanto tempo rivedrai. Non saprei dire perché, ma in un attimo ripensai ai giorni della mia infanzia quando assieme ad Andrea e Luigi, anche se più grandi di me, giocavamo nel giardino di casa, giornate intere con indianini e cow-boy di plastica, costruendo fortificazioni con palizzate fatte di pezzetti di canne spaccate o meravigliose macchine con il rocchetto di legno, vuoto. del filo da cucire con un elastico ed un bastoncino. La fantasia dei bambini è eccezionale, basta un niente, un semplice pezzetto di legno, un filo o un bottone per avere il gioco più bello e più fantastico del mondo. Ecco, secondo me, la linfa vitale dell'arte: il gioco, la fantasia.

Tornai a casa con la convinzione che se anche non avevo fatto nulla ne per la tesi ne per la mostra, era comunque stata una giornata molto proficua, passata con una delle persone che mi avevano dato la possibilità di essere li in quel momento e fare quello che stavo facendo. Appena a casa iniziai subito a lavorare alla tesi cercando di dargli un aspetto definitivo. Non volevo presentarla solamente come un sunto di storia dell'arte, volevo anche intervenirci con cose personali, come la realizzazione della copertina, illustrazioni interne, foto, corredarla con video e suoni. Passai tutta la notte a cercare di trovare la soluzione migliore e solo dopo diversi tentativi trovai quella che per me era la cosa ideale. Andai a letto alle quattro e trenta del mattino.

A marzo presentai la tesi, così come doveva essere, alla professoressa di storia dell'arte che la guardò incuriosita sia per l'argomento (secondo lei avevo avuto un bel coraggio a scrivere sui contemporanei, visto anche la scarsità delle notizie e le poche fonti attendibili), sia per le immagini ed i suoni a corredo che ne facevano comunque una cosa sperimentale. La prese dicendomi che l'avrei avuta indietro nel giro di quindici venti giorni, eventualmente corretta e che mi avrebbe fatto sapere se poteva andare o meno.

Intanto Ezio era quasi soddisfatto dei lavori che avevo preparato per la mostra, sembrava che tutto fosse pronto: i manifesti, il catalogo, gli inviti. Già gli inviti. Tutti pensati e spediti dalla galleria a persone da me sconosciute, gli unici ai quali avevo pensato io erano i miei e qualche professore dell'Accademia.

"È vero", mi diceva Ezio, "sono tutte persone che tu non conosci, ma sono quelle che comprano, che hanno i soldi, cosa ti frega che è la prima volta che li vedi".

"Si ho capito, però mi sento strano, come se mi stessi vendendo l'anima ad uno sconosciuto." Risposi.

"Fregatene. Pensa che non dovrai più fare le nottate al pub, ne vendere quei poster da quattro soldi per strada, che ti frega che magari sono persone antipatiche, piene di soldi ecc.. Se comprano è perché ti rispettano, perché ammirano il tuo lavoro, capisci?"

Aveva ragione Ezio, sono queste persone che fanno il mercato e che decidono della tua esistenza artistica o meno e questo fa ancora più schifo, però non posso tirarmi indietro adesso anche perché è altrettanto vero che l'arte alla fine non è solo per loro che la pagano; loro possono comprare un prodotto ma non l'arte che universalmente appartiene a tutti. Però, c'era un però grosso come una casa, le persone che mi sarebbe piaciuto avere accanto in quel momento, oltre ai miei, non ero riuscito più a contattarle: Anna, Marco, Rosalba, Ivan, Daniela, Helen. Chissà dove erano, sarebbe stato meraviglioso dividere assieme a loro la mia gioia, che era in parte anche la loro. Mi sentivo triste, sapevo che il giorno dell'apertura della mostra senza di loro non sarebbe poi stato un giorno eccezionale, ma non sapevo come poterli rintracciare, e questo era in parte colpa mia che mi ero allontanato per correre dietro a questa mia smania, a questa mia passione. Mi ricordai improvvisamente che il papà di Marco mi aveva dato l'indirizzo dello studio associato di architettura dove lavorava con Rosalba. Sapevo di averlo messo da qualche parte ma non ricordavo esattamente dove, speravo solamente di non averlo lasciato in tasca a qualche giacca o pantalone che avevo portato a lavare. Tornato a casa rovistai dappertutto e alla fine riuscii a trovarlo in tasca al giubbino. Il mattino seguente presso lo studio di architettura, attesi con ansia che aprissero, ero arrivato troppo presto, e che arrivassero Marco e Rosalba. Attesi fino alle dieci e trenta, poi, visto che non arrivava nessuno tornai alla macchina per andare in

Accademia.

Fu un momento, come un lampo che squarcia le nuvole in un giorno di pioggia facendoti intravedere quel pezzetto di sereno che promette ancora bel tempo per i giorni futuri. Era lei ne ero sicuro, era Anna dentro il tram che era appena passato, dovevo seguirlo, dovevo accertarmi di questa cosa. E mentre seguivo il tram pensavo a cosa dirle appena l'avrei rivista, e pensavo soprattutto a cosa avrebbe detto lei appena avrebbe visto me. La cosa mi faceva paura, avevo le gambe che tremavano. Seguii il tram fino a piazza S. Orsola, la vidi scendere. Avevo il cuore che batteva all'impazzata: era proprio Anna. Per un attimo si impossessò di me un senso di angoscia, di indescrivibile tristezza, come era bella. E se vedendomi avesse fatto finta di non conoscermi, se nella sua vita c'era qualcun altro, mi sentivo straziare dentro. Parcheggiai la macchina, mentre la seguivo con gli occhi andare verso il chiosco dell'edicola. Mi misi a correre per raggiungerla e quando finalmente le fui vicino

"Anna." Fu l'unica cosa che riuscii a dire. Lei si girò di scatto, quasi sorpresa che qualcuno la chiamasse, vidi il suo volto arrossire leggermente dopo avermi guardato. "Quanto tempo è passato".

"Franco?!" disse stupefatta "che sorpresa". Ci abbracciammo, ed io sentii gli occhi riempirsi di lacrime mentre gli sussurravo "Scusami" in un orecchio. Mi allontanai un poco da lei per poterla guardare meglio:

"Ma che fai, ti metti a piangere?" mi disse con aria ironica guardandomi negli occhi che oramai erano divenuti lucidi come cristalli appena lavati. "Dai, un grande artista come te. So tutto sai. Ti ricordi quando ti dissi prendendoti in giro alcuni anni fa "piccolo di sicuro, artista non saprei? beh! adesso sono sicura che artista lo sei" mi disse con la sua aria spigliata, che ricordavo così bene e che mi fece molto male.

"Sei più bella di come ti ricordavo Anna. Non so perchè non ti ho cercato, oppure si ma non ti ho trovato. So solamente che volevo e voglio chiederti perdono. No! ti prego, lasciami parlare, ti prego. Non ho fatto altro che pensare a te tutti questi anni, avrei voluto averti vicino ed adesso che ti vedo mi sembra come se non ci fossimo mai lasciati. Se sono un artista oppure no lo lascio giudicare agli altri, ma se sono arrivato sin qui lo debbo anche a te. Dopo di quel giorno ho vissuto solamente per l'arte e nel tuo ricordo. Ricordo che mi ha dato la forza di lottare di andare aventi. Ho l'inaugurazione della mostra tra pochi giorni e questa mattina ero andato a trovare Marco e Rosalba per invitarli ed avere il tuo indirizzo per venire anche da te. Loro non li ho ancora trovati, ma te si." Dissi questo tutto d'un fiato, voltandogli immediatamente le spalle per nascondere le lacrime che mi rigavano le guance.

"Ei, che fai, dai voltati. Non siamo più dei bambini, la vita va accettata per come viene. Non preoccuparti ci sarò all'inaugurazione della tua mostra e ci saranno anche gli altri tuoi amici. Ti ringrazio delle scuse che certo mi dovevi, e poi non sei stato solo tu a sbagliare all'ora, la colpa fu anche mia, chissà forse dovevo essere più decisa. Ma che importa, indietro non si torna. E dai! Non essere sciocco, voltati. O debbo andare via."

"No!" risposi voltandomi con la paura nel cuore "non andartene ho tanto bisogno di parlarti".

"Si va bene, però non adesso ho fretta, debbo arrivare da una parte prima di mezzogiorno" mi rispose sorridendo.

"Se vuoi ho la macchina proprio qui, posso accompagnarti" dissi facendo segno con la mano verso la macchina.
"No grazie, sono praticamente arrivata, ciao Franco e … mi raccomando, ci vediamo alla mostra".

Rimasi inebetito di fronte al chiosco di giornali, avrei voluto corrergli dietro, gridare "Ti amo", ma restai li, fermo in mezzo al marciapiede a pensare a come era bella, al suo sorriso più dolce che mai, al suo sguardo, pieno di tutti i colori del mondo.
"Giovanotto serve quarcosa?" era la voce del giornalaio che mi fece sobbalzare e mi riportò alla realtà
"No grazie, vado via subito, grazie".
Mi rimisi in macchina e tornai allo studio di architettura che nel

frattempo aveva aperto, entrai e chiesi di Marco e Rosalba. Attesi quasi venti minuti, alla fine arrivò un signore sui quaranta – quarantacinque anni, con un vestito grigio topo che ben si intonava al colore dei capelli ed una cravatta rosa confetto che sembrava un pugno allo stomaco messa sulla camicia avana. A vederlo bene sembrava un piccolo topo di campagna al quale avevano appena fatto il bagnetto tanto che i capelli erano rimasti ancora unti causa la brillantina usata. Mi si avvicinò con aria circospetta squadrandomi da capo a piedi:

"Lei è il signor Franco?"

"Si" Risposi. "Stavo cercando i miei due amici Marco e Rosalba che lavorano qui da voi."

"Guardi i ragazzi sono molto impegnati, non possono staccarsi dal lavoro che stanno facendo, gli potrà parlare giù al bar al momento della pausa, tra un'ora circa diciamo." Mi disse con aria computa.
"D'accordo, gli dica che li aspetterò. Grazie" risposi, mi alzai ed uscii. Mi sembrava molto strano che Marco e Rosalba non volessero vedermi, o avevano vergogna di farsi vedere con me oppure, il che era ancora peggio, pur di lavorare un poco si erano ridotti a farsi trattare come schiavi dall'individuo visto poco prima. In entrambi i casi ero molto dispiaciuto per loro, perché comunque tutto ciò significava una cosa sola: la perdita di dignità per la quale avevamo fatto tante lotte. Avrebbe significato

sotterrare tutti i sogni e le promesse fatteci da sempre, sarebbe stata la morte dell'anima, della nostra anima con la conseguenza rivincita della noia quotidiana, del piattume. No non serviva il benestare di nessuno per sognare, per essere liberi, bastava credere in quello che si faceva: era questo che rendeva liberi, che rendeva realizzati, appagati. Stavo ancora pensando a tutto questo quando li vidi entrare nel bar. Gli andai incontro per abbracciarli, come sempre, ma sembravano un tantino freddi rispetto alle altre volte che ci eravamo visti. Marco indossava un vestito scuro, aveva i capelli corti e la barba rasata come non avevo mai visto prima; Rosalba indossava un taglier avana e i capelli legati dietro la nuca:

sembravano due bravi ragazzi borghesi appena usciti da un rotocalco di moda.

"Che piacere rivedervi ragazzi. Ma quanto tempo è passato. Vi trovo molto bene e da quel che vedo non ve la passate neanche male debbo dire." Dissi questo in maniera un poco ipocrita e forse la cosa si notò.

"Anche tu non sembri messo male. Come vanno le cose? Hai finito con le lotte? E la tesi, e la tua ultima compagna? Sappiamo che debutterai nel campo dell'arte tra non molto, ce l'hai fatta alla fine." Rispose Marco. Rosalba era stranamente taciturna, non disse niente per tutto il tempo.

"Ero venuto ad invitarvi appunto alla mia mostra, se vi fa piacere, volevo dividere con voi e con Anna questo

momento, proprio perché per me si tratta di un momento molto importante, forse più della discussione della tesi di laurea.”
“Ti ringrazio, verremo sicuramente. Per quanto riguarda Anna non sappiamo come rintracciarla.” Disse mentendo. Continuammo a parlare di diverse cose, di come loro stavano affrontando la tesi finale, del lavoro che sembrava andare per il verso giusto, nonostante le piccole difficoltà di tutti i giorni, del fatto che avevano intenzione di sposarsi una volta conseguita la laurea. Ci salutammo dopo circa un 'ora, perché dovevano assolutamente rientrare al lavoro, con la promessa che ci saremmo rivisti all'inaugurazione della mostra. Durante il resto della giornata non

feci altro che pensare a loro più che ad Anna. Erano diventati così strani che non riuscivo più a comprenderli, a capire che cosa gli stesse succedendo, e poi lo strano atteggiamento di Rosalba, come fosse lontanissima dalla nostra conversazione, è stata sempre in silenzio, lei che di solito parla ed interviene continuamente. Mi sentivo strano, esausto. Anna, così misteriosa, con il suo atteggiamento come di chi non mi avesse, per alcuni versi, neanche incontrato. Avevamo diversi anni da raccontarci gli uni agli altri, ma ci eravamo liquidati con poche convenevoli frasi. Girai a vuoto tutto il giorno, verso sera mi sorprese un silenzio stranissimo da parte della città, mi ero ritrovato al Granicolo, forse la parte più silenziosa di Roma, dove oltre al traffico automobilistico molto scarso, non vi trovi neanche molte persone che passeggiano. Mi ritrovai in un parco pieno di arance, e nonostante fosse primavera vi era un vento quasi gelido. Sembra che questo parco sia battuto continuamente dal vento e che qui vengono a dirsi addio le coppie. Sarà stato forse per colpa della diceria, o del posto così silenzioso e triste che mi sedetti stanco ed in preda allo sconforto su di una panchina e piansi. Mi sentivo tremendamente solo e mi chiedevo se tutto quello che avevo fatto fosse servito a qualche cosa, mi tornarono in mente le parole di mio padre quando mi disse "speriamo che i vostri sacrifici servano veramente a far cambiare le cose", ed io ci stavo provando, volevo crederci ma ora ero proprio solo. Girovagai l'intera notte, fermandomi, dove trovavo un locale aperto, a bere qualche cosa, tanto che al mattino rientrai a casa ubriaco, con le gambe molli e feci solo in tempo s sdraiarmi sul letto. Mi svegliai di soprassalto al suono prolungato del campanello, erano le due e quindici del pomeriggio. Ezio entrò come una furia

"Ma ti sembra questo il momento di dormire. Dobbiamo ancora prendere i contatti con i giornalisti e le altre gallerie e tu dormi. Lo sai quanto sto investendo io su questa cosa? Lo sai? Sbrigati a vestirti ed andiamo immediatamente in galleria:" aveva un'aria seria ed arrabbiata.

"Scusami è che ieri ho avuto una giornataccia e sono rientrato a casa solo questa mattina. Mi vesto subito e vengo con te".
"D'accordo, d'accordo" mi rispose cambiando tono di voce e ritornando l'Ezio di sempre "Ti capisco perfettamente, però dai, adesso andiamo".

Tutto era pronto per l'inaugurazione che ci sarebbe stata da li a tre giorni, ovvero sabato 28 aprile alle ore 16,30. Ero sulle spine emozionato come non mai, tutto sembrava andare per il meglio, però, come diceva Ezio, c'è sempre un però ed è a quello che bisogna stare attenti, a prevedere l'imprevisto. E quando gli obiettavo che se era imprevisto

come si poteva prevedere, mi rispondeva sempre con una risata ed un'alzata di spalle dicendo:
"tu perché fai arte?"
"Perché è il mio modo di comunicare" rispondevo
"comunicare che cosa?" continuava lui
"ciò che sento, ciò che vedo" rispondevo
"E cos'è ciò che senti e vedi se non un qualcosa che gli altri non riescono a vedere senza il tuo intervento?" continuava imperterrito
"E' forse questa l'arte?" Accennavo quasi intimorito
"Questo è il modo di prevedere l'imprevisto: svelare agli occhi degli altri quello che tu vedi e loro non riescono a vedere pur guardando nella

tua stessa direzione."

Guardavo e riguardavo la lista delle persone che avevo invitato per controllare che non mi fosse sfuggito qualcuno, ma erano così poche che ogni volta mi veniva un gran senso di tristezza: mio padre, mia madre, i miei due fratelli con le ragazze, Marco, Rosalba, Anna, qualche professore dell'Accademia, Alberto, Aldo e Pino con le ragazze. Chissà che impressione avrei dato, se sarei stato in grado di far fronte a tutte le domande che mi avrebbero fatto, come avrei reagito alla vista di Anna in galleria. Tutte domande che da li a pochi giorni avrebbero avuto risposta, ed intanto l'ansia saliva e con lei un certo senso di paura e di strana tristezza, quella che i brasiliani chiamano saudade: misto di malinconia e tristezza. Ezio mi cercava in continuazione perché aveva capito in che stato d'animo mi trovavo e non voleva lasciarmi da solo, la sera andavamo a cena assieme, ci accompagnava anche Alberto, e mi faceva una specie di terzo grado per sapere se avevo capito che cosa dovevo fare e a cosa dovevo stare attento. Si finiva quasi sempre a girovagare per la città parlando di politica e di arte , un poco alticci per il vino bevuto a cena.

Finalmente arrivò il giorno dell'inaugurazione, tra le persone presenti vi erano anche alcuni critici d'arte, giornalisti e qualche gallerista. Mio padre ed i miei fratelli mi prendevano bonariamente in giro chiamandomi maestro, mentre mia madre vedevo che si sentiva come a disagio però era contenta, lo vedevo dai suoi occhi che ogni tanto diventavano lucidi. C'era Marco che, pur avendo un impegno di lavoro, era riuscito a venire mentre Rosalba non era potuta venire per lo stesso motivo. Mi guardai attorno smanioso di vedere Anna, che ancora non c'era.

"Sai non posso restare molto tempo, mi spiace" disse Marco "ma con Rosalba abbiamo del lavoro urgente da finire. Sarei rimasto volentieri ma purtroppo debbo salutarti"

"Non ti preoccupare Marco, va pure e grazie per essere venuto" Risposi un po' distrattamente.

"Senta ma la sua ricerca artistica da

quale presupposto parte. Ossia, in mezzo a tutta quella che è l'arte moderna, dal concettuale all'happening, dall'arte povera alla poesia visiva ecc... lei dove si colloca" era un giornalista che mi poneva la domanda. Subito mi si avvicinarono anche Ezio ed Alberto

"La mia collocazione nella scena dell'arte contemporanea per il momento non ha importanza. Perché credo che l'importante non è tanto collocarsi da qualche parte, etichettarsi, l'importante per me è fare arte, lavorare. Non vi sono settori stagno, ogni poetica artistica è contaminata da altri tipi di arte. In ogni movimento, in ogni linguaggio artistico c'è un po' del linguaggio degli altri artisti, degli altri movimenti. Guardiamo agli altri, all'arte del passato, alle nuove tecnologie, proprio per cercare un nuovo linguaggio, un linguaggio proprio. L'importante è comunicare, creare un discorso con chi si viene a trovare a tu per tu con il fare artistico, che non deve essere solamente uno spettatore passivo. Anche se si trova di fronte ad un'opera con la quale non può interagire deve poter essere partecipe del lavoro; e lo è dal momento in cui entra in contatto emozionale con l'opera" Risposi come se stessi parlando ad un'assemblea di studenti. Ezio ed Alberto mi approvarono dandomi una pacca sulle spalle, ed il giornalista mi ringraziò per la disponibilità. In tutto questo non mi ero accorto che era arrivata Anna, che in silenzio aveva ascoltato. Era bellissima, aveva indosso lo stesso vestito di cotone, con la fantasia che ricordava le decorazioni di Klimt, che portava il giorno in cui c'eravamo lasciati. Rimasi senza fiato, sentii tutto un tumulto interno e mentre mi avvicinavo per salutarla la testa mi girava. Dovetti fare un respiro profondo per non barcollare sulle gambe

"Ciao Anna. Che piacere mi fa averti qui. Sei splendida" gli dissi abbracciandola e baciandola sulle guance.

"Complimenti, proprio una bella mostra e quanta gente. Sei diventato famoso." rispose con un sorrisino malizioso. Era l'Anna di sempre quella che ricordavo, la stessa che mi aveva fatto perdere la testa quattro anni prima e che adesso era li e sembrava che niente era successo, che non ci eravamo mai lasciati.

"Dai non prendermi in giro. Almeno tu." Risposi.

"Non ti sto prendendo in giro. Ho sentito quello che dicevi prima, sei diventato veramente bravo"

"Detto da te la cosa mi fa ancora più piacere. Posso invitarti a cena questa sera?"

"Non ti sembra di correre un po' troppo?" mi disse sorridendo

"Debbo espiare quattro lunghi anni in cui non ho fatto altro che pensarti e biasimarmi per quel che successe." Risposi a testa bassa.

"Ummh, vedremo" mi disse "Adesso

pensa alla mostra.”
L’inaugurazione andò benissimo, Ezio era molto soddisfatto, c’era stata anche la richiesta di diversi lavori e l’interessamento di altre gallerie più grandi.
“Adesso” mi disse Ezio “Si incomincia a fare sul serio.”
I miei mi salutarono prima della chiusura per tornare con calma in paese, erano molto contenti della mia mostra, Andrea e Luigi mi dissero di ricordarmi che gli dovevo due lavori, risposi che non solo non mi ero mai dimenticato della promessa, ma che potevano prendersi tutti quelli che volevano. Mi abbracciarono quasi commossi, mio padre, pur nella sua contentezza, mi disse di non montarmi la testa, di continuare ad

essere il Franco di sempre e di non abbandonare mai i sogni che avevo sempre avuti, di non perdere di vista i valori nei quali avevo sempre creduto.

"Certo che è veramente bella" disse mia madre indicando con lo sguardo Anna "Adesso capisco perché avevi sempre quell'aria sofferente da quando non la vedevi più. Ma ora non fartela scappare, sbrigati va da lei. Se è venuta questa sera è perché ancora ti vuole bene. Ciao Franco e fatti vedere più spesso a casa."

"Mamma, sei sempre la solita" gli risposi sorridendo e dandogli un bacio sulla guancia.

Erano le otto di sera ed in galleria erano rimasti solo alcuni giornalisti, Ezio, Alberto e qualche altra persona. Mi avvicinai ad Anna che, nel frattempo, stava osservando con molta attenzione i lavori appesi alle pareti.

"Allora, cosa hai deciso. Andiamo a cena assieme questa sera?" le dissi guardandola negli occhi, quegli occhi che non avevano perso la lucentezza che ricordavo perfettamente, quello sguardo che sembrava racchiudere in sé tutti i colori del mondo.

"E… dove mi vuoi portare a casa tua?" mi disse in maniera quasi di insofferenza.

"No, conosco un posto tranquillo qui vicino dove andiamo spesso con Ezio ed Alberto. Non ho mica intenzione di mangiarti o di farti chissà che. Ciò che è successo mi è già costato molto e non potrò mai scusarmi abbastanza con te." Risposi sentendo che il viso era andato in fiamme. Lei mi guardò, sorrise del suo sorriso dolce disarmante

"D'accordo" mi rispose "Visto che tanto sono qui:"

Non stavo più nella pelle, dopo tanti anni avevo l'opportunità di uscire nuovamente con lei, mi avvicinai ad Ezio ed Alberto, scusandomi e dicendo che avevo un ospite di riguardo, e che dovevo portarlo fuori a cena. I due mi guardarono con aria maliziosa dicendomi di aver capito tutto, comunque l'appuntamento in galleria era stato fissato per il lunedì pomeriggio, perché sarebbero arrivate alcune persona interessate all'acquisto di qualche lavoro.

Pur essendo sabato sera, nel ristorante

non vi erano molte persone, trovammo facilmente un tavolo leggermente appartato dove poter chiacchierare tranquillamente.

"Non ho visto Marco e Rosalba alla mostra, mica avete litigato?" mi chiese Anna.

"No, non abbiamo litigato. Marco è venuto ma è dovuto andare via subito per ragioni di lavoro,e Rosalba non è potuta venire per lo stesso motivo. Sai lavorano presso uno studio associato di architettura. Sono andato anche a trovarli ed ho avuto l'impressione che sono molto cambiati, anzi sembra addirittura che la mia visita gli abbia dato fastidio."

"Io è da molto che non li vedo, non so dirti. Fino a due anni fa eravamo in contatto, poi ci siamo persi di vista;

però loro lo sanno dove abito."
La cena al ristorante si svolse tra una chiacchiera ed un'altra, raccontai ad Anna di tutto quello che mi era successo, di come ogni volta lei mi tornasse in mente in maniera prepotente, di Helen, di Ivan e Daniela. Lei ascoltava in silenzio, di tanto in tanto il suo viso arrossiva. Notai che quando gli dissi di Helen ebbe come un senso di fastidio e pensai tra me di aver fatto un'altra gaffe.
"E tu cosa hai fatto in tutto questo tempo qui a Roma" le chiesi avvicinando la mia mano alla sua, che scostò quasi subito e un poco infastidita.
"Ho studiato, sto studiando. Che cosa volevi che facessi. Divido il mio

tempo tra l'università ed il tirocinio che ho iniziato a fare presso una clinica che si trova dove ci siamo visti l'altro giorno. Per il resto tutto nella più assoluta normalità. Torno a casa una, massimo due volte al mese per non far arrabbiare i miei, sto per laurearmi e spero di trovare presto un lavoro come pediatra, dopo la specializzazione naturalmente. Per cui tra una cosa e l'altra dovrò stare qui a Roma ancora per altri due anni, e poi spero di restarci a lavorare. Roma è una città splendida." Disse quest'ultima frase con gli occhi socchiusi ed un dolce sorriso. Avevo voglia di chiedergli se aveva un ragazzo, ma temevo di darle fastidio. Lei sembrò leggermi nel pensiero

"Vuoi sapere se c'è un uomo nella

mia vita? No adesso non c'è nessuno, ho avuto tre anni fa una relazione con Roberto, un ragazzo che frequentava la facoltà di giurisprudenza, ma è durata due mesi, non poteva reggere, lui era uno molto quadrato, troppo razionale, e da allora ho solo pensato allo studio." Accompagnò le ultime parole con un piccolo sospiro. Io sentivo che stavo per cadere per terra, il solo pensiero che lei era stata di un altro mi stava dando un grosso senso di fastidio, e capii come dovette sentirsi lei quando gli avevo parlato di Helen. Rimasi zitto, e finimmo di cenare in silenzio, come in un momento di imbarazzo.

Dopo cena uscimmo a fare quattro passi, la bellezza del posto, l'odore della primavera, e noi due li soli mi fece ricordare la sera in cui ci eravamo baciati per la prima volta, e venni preso da una strana malinconia. Pensavo spesso a quella sera ed ogni volta mi tornava in mente il profumo che ci circondava e l'aria magica che c'era intorno a noi, ed adesso stavo rivivendo la stessa situazione, a distanza di quasi cinque anni niente mi sembrava cambiato. Passeggiammo per diverso tempo, chiacchierando, raccontandoci e parlando dei progetti del futuro, sedendoci infine su di una panchina.

"Anna, ti ricordi la sera che ti ho detto che ti amavo, era una sera di primavera come questa ed eravamo seduti, come adesso, su di una panchina ad aspettare il pulman che ti riportava a casa. Anna io ti amo ancora, non ho mai smesso di amarti, ti ho cercato anche dentro ciò che facevo, dentro i miei lavori. Ho cercato il tuo sguardo, il tuo sorriso. È difficile trasportare tutto ciò all'interno di un lavoro che ha la pretesa di chiamarsi opera d'arte. Ti ho cercato nei lavori degli altri artisti, nelle mostre che ho girato, nelle riviste che ho sfogliato. Adesso che ti ho ritrovata sono veramente felice perché come allora ho ritrovato le stesse cose, la stessa persona solare tenera ma forte allo stesso tempo." Le dissi tutto questo in un fiato, cercando di non farmi interrompere perché sicuramente non sarei più riuscito a dirlo per l'emozione. Si girò verso di me guardandomi con gli occhi lucidi, capii che anche lei mi aveva cercato, mi avvicinai e la baciai dolcemente sulle labbra. Passammo il resto della notte a chiacchierare a fare progetti, adesso che ci eravamo ritrovati non ci saremmo più lasciati.

I giorni sembravano trascorrere con una fretta impressionante, io mi ero trasferito ad abitare da Anna, lasciando a Pino ed Aldo, come dicevano loro scherzosamente, il campo libero. In galleria tutto procedeva per il meglio, i lavori si vendevano ed io avevo in tasca sempre più soldi del previsto. Si avvicinava il giorno di discussione della mia tesi, mi sentivo tranquillo nonostante la pressione, mentre Anna stava preparando la sua di tesi di laurea su di un problema riguardante le malattie infantili legate all'errata igiene alimentare, purtroppo non potevo aiutarla perché per me era un argomento che ignoravo completamente.

La discussione della mia tesi si tenne un pomeriggio afoso di metà giugno, in un'aula semideserta dell'Accademia di Belle Arti. I miei erano venuti già dal mattino, per loro l'evento era un qualcosa da non perdere. Ancora non conoscevano Anna e quella fu l'occasione per fare le presentazioni, mia madre gli fece i complimenti per la sua bellezza, mentre i miei due fratelli ebbero la sfacciataggine di dirle che solo ora capivano perché non tornavo mai in paese a trovarli. Anna arrossì imbarazzata, ma si riprese subito con una battuta di spirito dicendo che lei mi teneva costantemente legato con una corda e solo quel giorno, e per poche ore, mi aveva slegato, dandomi la possibilità di muovermi.

Dopo la discussione della tesi, la stretta di mano da parte dei professori ci fu l'abbraccio di tutti gli amici che mi commosse quasi fino alle lacrime, il cento dieci e lode ottenuto era la ricompensa a tutti i sacrifici e le fatiche fatte, mi sentivo felice e non soltanto per me ma anche per i miei genitori ed i miei fratelli. Andammo fuori a cena per festeggiare, e la serata passò in fretta tra i complimenti di Ezio ed Alberto che, oltre alla tesi, si complimentavano anche per i lavori che stavo facendo, gli occhi lucidi di

mamma che vedeva suo figlio laureato e lo sguardo bellissimo di Anna. In tutto ciò ci fu una nota di tristezza: non avevo visto Marco e Rosalba e non avevo nessuna notizia di Ivan, Daniela e il loro piccolo. Il ricordo di questi amici "perduti" mi diede un profondo senso di tristezza che mi portai dietro per tutta la serata. Anna si era accorta che qualche cosa non andava ed al rientro a casa mi chiese cosa era successo e quando gli spiegai la cosa divento triste anche lei. La notte continuai a pensare ai miei amici, a cosa poteva esser successo, e mi ripromisi di andarli a trovare, almeno Marco e Rosalba, al più presto.
Dopo qualche giorno passammo allo studio di architettura e chiedemmo di

Marco e Rosalba, ci dissero che momentaneamente erano fuori Roma per seguire alcuni cantieri. La cosa da una parte mi rincuorò, se non si erano fatti vedere il giorno della mia tesi era perché erano fuori Roma. Anna era ogni giorno più bella, mi piaceva guardarla mentre studiava, quando mi coinvolgeva nelle cose che faceva, quando mi raccontava di come andava il tirocinio nella clinica pediatrica dove andava. Gli piacevano molto i bambini, diceva sempre che una volta finiti gli studi ne avrebbe voluti almeno quattro tutti nostri, che lei pensava sempre ad aprire uno studio dove poter curare tutti i bambini poveri senza che dovessero pagarla, e mentre diceva queste cose il suo sguardo si illuminava di una luce meravigliosa. Io da parte mia continuavo a lavorare per la galleria di Ezio, avevo ricevuto anche delle altre offerte da parte di altri galleristi ma mi ero talmente affezionato ad Ezio ed Alberto che non avevo voglia di cambiare, anche se, come mi diceva Ezio, "quelli possono farti veramente ricco", riferendosi ad altre gallerie. Non mi interessava diventare ricco, il lavoro che facevo per la galleria di Ezio mi bastava, avevo una macchina, i soldi erano abbastanza ed il nostro rapporto non era da mercante ad artista, ma era di amicizia. Qualche foto dei miei lavori iniziava a girare su riviste di arte e ciò mi faceva molto piacere, ed Ezio incominciò a dirmi che dovevo fare il salto di qualità, trovarmi una galleria più importante, perché lui non poteva portarmi più in alto di così e non voleva neanche tenermi legato alla sua galleria togliendomi la possibilità di diventare un grande nel mondo dell'arte, e quando io gli obiettavo che non mi importava niente di diventare un grande, mi rispondeva arrabbiato

"Non è giusto che chiunque ha qualcosa da dare agli altri, come nel tuo caso, se la tenga per se. Ricordati che hai il dovere di far partecipi gli altri di quello che tu sai fare; l'arte che è in te non può restare soltanto tua o di poche persone. Ecco perché devi uscire fuori, volare più in alto, altrimenti ciò che sai fare è come se non lo sapessi fare, non servirebbe a nulla."

Tornammo più volte con Anna a cercare Marco e Rosalba, ma ogni volta c'era qualcosa che ci impediva di incontrarci: o erano fuori oppure quel giorno non erano andati a lavorare. Iniziammo a pensare che forse, e poi chissà per quale motivo, non avevano più voglia di vederci. Anna lavorava alla sua tesi che oramai era ultimata e che avrebbe discusso ad ottobre, era tesa come una corda di violino, ma nonostante ciò era sempre molto allegra, inoltre alla clinica dove aveva fatto tirocinio, visto la passione per il lavoro, le avevano offerto la possibilità, appena laureatasi, di restarci a lavorare. La notizia me la diede accompagnandola con un sorriso bellissimo ed un'espressione di felicità contagiosa, incontenibile; come per me, anche il suo sogno si stava per realizzare. Già pensava che di li a poco avrebbe aperto "Il suo studio per bambini poveri" il sogno che coltivava da quando era al liceo. La sera andammo a festeggiare in un locale che si trovava vicino Campo dei Fiori, e stemmo poi per lungo tempo a chiacchierare passeggiando nella calda estate romana. La malinconia ci assalì di nuovo quando ricordammo le serate passate assieme ai nostri amici, ripensando a come volevamo cambiare il mondo ed invece sembrava che il mondo avesse cambiato noi. Le cose intorno erano sempre le stesse, i problemi sempre uguali a quelli di tanti anni prima, forse alcune cose si erano amplificate, come la lotta armata, ma portava solamente, come molte volte aveva detto mio padre, alla violenza senza che servisse veramente a cambiare le cose, e poi non era certo con la violenza che il mondo sarebbe diventato migliore. Oltre al senso di tristezza ci assalì anche un senso di impotenza: non eravamo riusciti a cambiare nulla anche se pensavamo che con il nostro lavoro potevamo comunque dare una mano per il cambiamento. Far riflettere le persone attraverso il nostro lavoro, questo si, potevamo farlo. Iniziare il cambiamento con un atteggiamento diverso nei confronti del lavoro e del guadagno, era un'idea forte quella di Anna di aprire uno studio di pediatria per i bambini poveri, quando dalle nostre parti non si sapeva neanche cosa fosse un pediatra. Far partecipi dell'arte, della cultura in genere, le persone che ne erano state sempre ai margini, che avevano vissuto gli eventi come una cosa molto lontana da loro. Questo poteva essere un valido aiuto, rinunciare al facile guadagno per continuare quella lotta iniziata tanti anni prima, e che ancora continuava, alla ricerca di un mondo migliore.

Il giorno della discussione della tesi di Anna fu memorabile, i suoi genitori, arrivati già di primo mattino, stettero tutta la giornata in febbrile agitazione, mentre il fratello di Anna cercava di stemperare la tensione prendendola bonariamente in giro.

Era la prima volta che parlavo con i suoi genitori che subito presero le distanze. Mi sembra di sentirne i commenti: ma come hai potuto con un tipo simile, e poi che fa? L'artista?! Come dire il morto di fame! Sicuramente dovrai mantenerlo con il tuo lavoro. Speriamo che la cosa ti passi; e poi siamo certi che ti passerà, appena avrai la laurea ed il lavoro. Troverai l'uomo giusto per te, un tuo pari.

Aspettai con pazienza, tenendomi in disparte, che Anna discutesse la sua tesi e che i suoi si complimentassero con lei. Centodieci, lode e bacio accademico un successo. Il fratello mi venne vicino:

"Non fare caso ai nostri genitori, sai sono molto gelosi di Anna e hanno una mentalità che li porta a giudicare le cose in maniera molto provinciale. So che hai un certo nome nel campo dell'arte ed anche un buon mercato. Io ultimamente mi sto occupando di ristrutturazioni e molti miei clienti mi chiedono pareri e consigli anche su quadri e oggetti d'arte da comprare, potremmo lavorare assieme."

"si, si potrebbe fare" risposi senza aver inteso una parola di quello che mi aveva detto, tanto la cosa non mi interessava, facevo arte di ricerca, ma era inutile spiegarglielo perché sicuramente non mi avrebbe capito.

"vieni andiamo a bere qualcosa assieme, per festeggiare la laurea di Anna": mi disse sorridendo.

"No ti ringrazio, non voglio che i tuoi si sentano a disagio con me vicino.

Avremo tempo dopo per festeggiare con Anna" risposi un po' scocciato. Nel frattempo Anna si era avvicinata, mi guardò un poco arrabbiata ma capì immediatamente perché stavo in quello stato d'animo, mi abbracciò, sorrise e poi tornò dai suoi per accompagnarli a festeggiare. Restai solo e feci una un giro a piedi fino a Termini, cercando di farmi passare la rabbia mista a malinconia per non essere andato con Anna.

Erano quasi le 8,30 di sera quando Anna rientrò a casa, felice e sorridente come non mai. Mi abbracciò con un'esultanza incredibile dicendomi:

"Dai alzati dalla sedia che andiamo a festeggiare. I miei sono ripartititi ed io ho una gran voglia di stare sola con te." Aggiungendo, con un sorriso malizioso "Ti porto in un locale romanticissimo: da Mario." E ridendo mi prese la mano tirandomi verso di se. Nel locale non c'era molta gente, anche perché stavamo in mezzo alla settimana, e Mario, che oramai ci conosceva benissimo, comprese immediatamente che quella doveva essere una serata particolare e quando gli dicemmo che eravamo lì per festeggiare la laurea di Anna, ci offrì una bottiglia di spumante (come diceva lui molto particolare "fa resuscità pure li morti"). Uscimmo dal locale mezzi ubriachi e ci avviammo verso casa. Per strada incontrammo pochissime persone, anche se non era molto tardi

"Andiamo a trovare Alberto, è qui

vicino, gli facciamo una sorpresa, vedrai sarà contento di vederci e di sapere la notizia" dissi sorridendo ad Anna.

Alberto stava ancora sveglio a seguire uno speciale in televisione, ci accolse calorosamente e ci chiese qual buon vento ci portava da quelle parti.
"Mi sono laureata oggi pomeriggio con centodieci e lode" disse Anna abbracciandolo.
"Benissimo questa è una notizia che merita un brindisi" rispose Alberto avviandosi verso l'armadio dove in genere teneva le bottiglie di liquore. Restammo a chiacchierare fino a notte fonda dei progetti che avevamo per il futuro, di come contribuire a migliorare la società, ha cercare di capire il perché molti di noi avevano

cambiato atteggiamento o erano "spariti" senza lasciare traccia.

"A volte la vita stessa ci costringe a cambiare atteggiamento verso ciò che vorremmo fare. Vuoi per necessità, vuoi per cause a noi superiori, siamo costretti a fare scelte che in realtà non vorremmo mai fare o che non avremmo mai fatto. Molti amici sembrano perdersi o cambiare strada stravolgendo completamente ciò che pensavamo di loro. Giudicarli senza sapere è troppo facile, bisognerebbe sempre chiedersi perché. All'origine di ogni cambiamento c'è sempre un perché, una causa (indifferente se per noi giusta o non giusta) che determina un cambiamento. Riuscendo a capire questo, si riesce anche a comprendere le scelte che ognuno di noi a volte è costretto a fare." Disse Alberto.

"Quindi tu pensi che molte volte non abbiamo possibilità di poter scegliere veramente, senza condizioni di sorta?" risposi.

"A volte si. Sperando che queste volte siano veramente poche." Disse passandosi una mano sulla faccia come per scacciare il sonno. Mi resi conto solo allora che si era fatto molto tardi e che Anna stava già dormendo sul divano. Andammo via che erano le quattro del mattino, tanto non avevamo niente di importante da fare, ci saremmo trastullati tutto il giorno per casa.

Il tempo trascorreva senza che accadesse niente di particolare, Anna lavorava presso la clinica e si era iscritta all'università per la specializzazione, io continuavo a dipingere ed a fare mostre (non tante in realtà), girando per gallerie trovandomi quasi sempre in contrasto con i galleristi stessi.

"Ricordati però che questo è il tuo lavoro e non puoi continuare a metterti contro tutti. Il mercato lo facciamo noi e non tutti sono disposti ad accettare critiche dagli artisti." Ezio mi parlava con tono deciso, quasi arrabbiato.

"Posso anche fare a meno di guadagnare facendo quadri. Non mi spaventa fare un altro lavoro; ciò che mi fa paura è la perdita della libertà, del mio modo di pensare e muovermi." Risposi un po' risentito.

"La libertà è veramente una bella

cosa, però ricordati che c'è bisogno anche di mangiare e molte volte se non si scende a compromessi diventa difficile anche procurarsi il pane." Rispose con voce pacata, quasi paterna. Non replicai, non ne avevo voglia e poi non volevo discutere con Ezio che era sempre così disponibile a capirmi e a difendere il mio operato. Pensai che comunque non avevo molto da lamentarmi visto che soldi non mi mancavano e che avevo intorno a me persone che mi capivano e mi accettavano così come ero.

"Viva gli sposi; viva gli sposi", gridavamo sorridendo con Anna e gli amici di mio fratello Luigi, mentre lui ed Eleonora uscivano dalla chiesa. Un bacio alla sposa, uno allo sposo, qualche foto assieme e poi di corsa al ristorante a mangiare e bere fino a notte.

"E voi?! Quando vi sposate?" era la domanda che ci sentivamo dire ogni volta che qualche amico o parente ci si avvicinava, e la risposta era sempre la stessa

"Tocca prima ad Andrea che è più grande, e poi si vedrà!"

Andrea e Gemma pensavano di sposarsi anche loro entro l'anno, forse a settembre, e mamma era quasi su una crisi di pianto: "perdere" due figli in un sol colpo, come diceva lei, era una cosa tremenda.

"Ma finiscila, stanno ad abitare a duecento metri da casa. Vedrai che staranno sempre tra i piedi, anche più di prima." Disse mio padre sorridendo.

"Però uno non lo vedo mai perché sta a Roma, gli altri due oramai hanno una loro famiglia e quindi anche se siamo vicini di casa ci vediamo di meno, e noi siamo rimasti completamente soli" rispose mia madre quasi tra le lacrime.

"Va bene, vorrà dire che torneremo a fare gli "sposini freschi" e ad avere più tempo per noi due, per le nostre cose, almeno per il momento perché, pensa a quando arriveranno i nipotini ….si ricomincia!!!!!" disse allegro mio padre.

Io pensavo dentro di me che forse una vita così non l'avrei mai sopportata, che non sarei mai riuscito ad "arrendermi a fare il padre o il nonno", lasciando da parte le cose che mi piaceva fare, le cose che effettivamente mi davano il senso della vita. Non era assolutamente in me l'intenzione di sminuire queste figure da sempre cardini della società, ma fatto è che mi sembrava impossibile conciliare la propria voglia di fare con la condizione di padre o di nonno, intese così come erano viste sino ad allora. Mi rendo perfettamente conto che una posizione del genere può sembrare egoistica, che sembra di pensare solo a se stessi e a ciò che si vuole fare, ma è difficile abbandonare le cose in cui si crede ed impelagarsi in situazioni che comportano una dedizione totale. Forse non sarei stato neanche in grado di fare il genitore. Avevo una gran voglia di dire e fare ciò in cui credevo, una gran voglia di urlare al mondo la mia rabbia contro le ingiustizie, le disuguaglianze, i soprusi, e avevo un solo modo per farlo, per farmi ascoltare: l'arte!

Il caldo era diventato insopportabile, ed in una Roma semideserta si cercava un poco di ristoro presso le numerose fontane della città. Anna era al lavoro in clinica, avrebbe finito per le 20,00 ed io ero uscito a fare un giro e a cercare una fontana dove rinfrescarmi. Era da molto che non andavo a piazza Navona, a girare tra i turisti e gli artisti che facevano caricature, paesaggi ed altro per poter racimolare qualche soldo. C'erano alcuni ragazzi che si divertivano a schizzarsi con l'acqua delle fontane, altri che immergevano i piedi accaldati dentro l'acqua delle stesse, in cerca di refrigerio, facendo venire la voglia di farsi un bagno. Nella calura pomeridiana i contorni delle fontane, delle panchine ed anche quelli delle persone sembravano essere sfuocati a causa del calore nelle quali erano avvolte, finendo per assomigliare a tanti fantasmi privi di forma e di peso che vagavano per la piazza. Tra di loro mi sembrò di riconoscere due figure familiari che, tenendosi per mano, si dirigevano verso uno dei bar che si affacciano sulla piazza.

"Marco! Marco!" strillai da lontano con la speranza di essere udito, mentre mi avvicinavo a passo veloce.

I due si fermarono ed appena si voltarono riconobbi con certezza i miei due amici.

"Marco, Rosalba. Come state. Da quando non ci si vede." Ci abbracciammo quasi commossi.

"Come state. Anche voi con questo caldo qui a Roma?" chiesi come per iniziare un discorso che potesse in qualche modo farli fermare a parlare.

"Si, purtroppo non abbiamo avuto l'opportunità di andare in ferie, sai abbiamo molto lavoro da finire. Ma tu che ci racconti." Rispose Marco "ed Anna l'hai più vista? Ed il lavoro come va."

"Sapete con Anna viviamo assieme, anzi più di una volta siamo venuti a cercarvi ma eravate quasi sempre fuori per lavoro." Risposi, e mentre parlavo mi accorgevo che loro avevano solo voglia di andare via.

"Sono veramente contenta", disse Rosalba, "che vi siete ritrovati con Anna. Eri diventato ossessionato dall'idea di non vederla più. Adesso cosa fa?"

Risposi che si era laureata e che stava lavorando, li invitai a bere una bibita fresca e ci sedemmo un poco a parlare. La tensione iniziale si stemperò e per un attimo sembrava di essere tornati indietro nel tempo.

"Sarei veramente contento se una sera di queste potreste venire a cena da noi. Anna ha una gran voglia di rivedervi". Gli dissi.

"d'accordo" rispose Marco "una di queste sere ci faremo sentire e sicuramente vi verremo a trovare.

Purtroppo adesso dobbiamo lasciarti, abbiamo un appuntamento importante con un nostro cliente e non vorremmo farlo aspettare. Dacci il tuo indirizzo con il numero di telefono ci pensiamo noi a chiamarti."
Ci salutammo e mi girai ad osservarli mentre si allontanavano nella calura della piazza tra i numerosi turisti intenti a fotografare tutto ciò che era possibile con l'illusione di portarsi a casa un pezzo della città eterna. Quando raccontai ad Anna dell'incontro avuto fu veramente contenta ed anche lei, come me, aveva una gran voglia di incontrare di nuovo Marco e Rosalba.

L'estate lentamente lasciava posto ad un autunno fresco e bizzoso. A giornate settembrine calde e piacevoli, si alternavano giornate uggiose, grigie e piovose. La stessa cosa stava accadendo con la politica. Nuovi venti di protesta soffiavano nell'aria: dopo la presunta ripresa economica, il lavoro iniziava nuovamente a scarseggiare ed i salari erano completamente inadeguati al costo della vita. Si era data una parvenza di diffuso benessere invitando la gente ad acquistare nuovi elettrodomestici, nuove macchine con la scusa che bastava avere una busta paga per poter pagare a rate ciò che veniva acquistato "senza neanche accorgertene" come dicevano molti, ma poi arrivava la fine del mese ed i soldi bastavano a malapena a vivere. L'arte, tutta l'arte, era dalla parte dei lavoratori, degli sfruttati, ma c'erano da fare i conti con uno stato borghese che assorbiva, macinava e rimetteva tutto in gioco, facendo si che tutto diventasse consumo, esigenza e consumo, anche le cose che erano nate per denunciare un certo modo di fare politica, diventavano parte integrante di quello che era divenuto un meccanismo perverso ed inarrestabile dove tutto diventava il contrario di tutto e doveva essere consumato immediatamente. Il ritorno nelle piazze da parte di studenti ed operai era quasi diventato un "andiamo a farci vedere quanto siamo belli". Una grande sfilata di moda dove accanto all'operaio in tuta da lavoro sfilava lo studente con occhiale Ray Ban da cento mila lire, jeans Levis e maglioncino della Lacoste. Tutto era stato assorbito dall'ingranaggio maledetto e tutto ci era stato ridato a costi salatissimi. Molte persone che non si riconoscevano più nei partiti del cosiddetto "arco costituzionale", si erano date alla lotta armata, e da tempo si dedicavano ad uccidere e gambizzare chi, secondo loro, era il nemico del popolo. Una lotta che però non portava a niente, se non ad isolarli maggiormente dal resto della società. La condanna gli arrivava addosso unanime sia da destra che da sinistra, compresa molta di quella sinistra che non si sentiva rappresentata dal P.C.I. perché troppo "borghese". Le contestazioni nell'ambito universitario assumevano a volte toni di vera e propria rivolta, sia nei confronti dello stato, sia nei confronti della lotta armata delle B.R. Lo slogan ricorrente era "Né con le B.R. né con lo stato". Un clima teso ed incerto non solo politicamente ma anche ideologicamente. Adesso, forse ancor più di prima, c'era da chiedersi a cosa servisse fare arte. E la risposta era sempre ed ancora una volta la stessa: denunciare, attraverso il proprio lavoro, lo stato di disagio e di malessere che vivevano le classi sociali più povere, anche se in un momento come quello sembravano non esserci più le nette divisioni tra le varie classi, diventando tutto un immenso pastone incolore da cui si tentava di venirne fuori ognuno con la propria individualità, sopraffacendo gli altri. L'individualismo sembrava aver avuto la meglio sopra ogni altra cosa. Si ripeteva continuamente che non bisognava far passare la logica democristiana del clientelismo, della raccomandazione, ma si assisteva (ahimè senza avere la forza di contrastarlo) ad un uso continuo di questa pratica da parte di moltissime persone di sinistra, che, nonostante l'evidenza dei fatti, negavano di essersi fatti raccomandare da questo o da quello, politici di sinistra compresi. Solo la nostra coscienza, ripetevamo in continuazione, farà da giudice verso noi stessi. Troppo tardi siamo arrivati a capire che molti altri avevano barattato la loro coscienza con un posto di lavoro in qualche ministero o in qualche ente statale.

Altri ancora l'avevano barattata con una fama spicciola ed effimera, mettendo da parte ogni dignità, dando via i propri sogni per un piccolo posto di seconda o terza fila nel teatro del luccicante mondo dello spettacolo. Non faceva eccezione alcuna il campo delle arti figurative, dove sempre più mercanti e galleristi senza scrupoli facevano in modo che gli artisti che rappresentavano, in qualche modo fossero una loro espressione, dettando i tempi, i luoghi ed i modi di fare arte. Sempre più l'artista si estraniava dal mondo circostante, dipingendo per se stesso o per i galleristi o i collezionisti, riducendo il lavoro di ricerca a semplice lavoro di routine: realizzare 50 lavori per poi farne scegliere, a chi organizzava l'evento o a chi rappresentava l'artista, 5 o 6. Consumare tutto in pochissimo tempo, arte compresa: lavori eseguiti tre, quattro anni prima, considerati lavori vecchi e superati, come se l'arte fosse divenuta un prodotto a scadenza, un prodotto da consumarsi entro il. Qui fortunatamente entrano in gioco persone (galleristi ed artisti) che tentano di opporsi a questo gioco al massacro, anche se in pochi, evitando il tracollo totale. Non avevo più voglia di lavorare, non vedevo a cosa potesse servire se non ad avvilire me stesso. Pensai più volte di andare via da Roma, di ritornare in provincia e ricominciare tutto da capo, ma non potevo costringere Anna ad abbandonare ciò che si era creato: il lavoro e la specializzazione all'università. È vero che avrebbe potuto viaggiare, ma era un sacrificio che non potevo chiedergli, come del resto io non potevo lavorare con galleristi che addirittura mi consigliavano su come realizzare i lavori, su che colore mettere ecc… Avrei preferito molto di più lavorare in fabbrica se non addirittura tornare a lavorare la terra come mio padre. Ogniqualvolta andavamo sull'argomento Ezio si adirava e non faceva altro che ripetermi che dovevo continuare a lavorare, anche se adesso avrei dovuto scendere a compromessi, perché non era giusto buttare al vento tutto quello che avevo fatto con tanti sacrifici.

"Ricordati che ti sei potuto permettere tutto questo grazie anche ai sacrifici dei tuoi genitori e di chi ti è stato a fianco. È inutile che pensi alla tua coscienza che non ti permette di fare cose che adesso ti sembrano "fuori dal mondo". La coscienza in arte la puoi tirare fuori quando sei diventato qualcuno, quando chi ti sta intorno ti fa la corte e sei tu a dettare i tempi. Adesso è il momento di scendere a compromessi, che detto poi tra noi non vedo di quale disgrazia si tratti visto che nessuno ti chiede di rinunciare ai tuoi ideali o quantomeno alla tua ricerca artistica, ma semplicemente ad accettare alcune "regole" che da sempre ci sono state nel mondo dell'arte. Da sempre c'è stato un committente che ha preteso magari che venisse usato un dato colore piuttosto che un altro o un dato soggetto piuttosto che un altro. Si, va bene, altri tempi, come dici tu, ma sono sempre i committenti quelli che poi tirano fuori i soldi per l'opera." Ezio non finiva più di rimproverarmi, il sermone che mi aveva appena fatto non faceva altro che indispettirmi ulteriormente, facendo crescere ancora di più la rabbia verso un mondo che oramai non riuscivo più capire e che avevo iniziato a detestare.

"Si, va bene hai ragione. Adesso ci penso su e poi vediamo." Risposi senza convinzione alcuna.

"Franco non puoi continuare così. Ogni giorno che passa ti vedo sempre più triste, ti stai chiudendo in te stesso. Lavori sempre più raramente, passando molto tempo a pensare, a rimuginare se ciò che stai facendo è giusto oppure no. Vorrei tanto poterti aiutare, ma ultimamente sei diventato sfuggente. Se non hai più voglia di stare assieme a me puoi anche dirlo. Se c'è qualcosa che tra noi due non funziona parliamone, chiariamoci. Se vuoi tornare in paese e cercare un altro tipo di lavoro discutiamone assieme, vediamo di risolvere il problema. Magari strilliamo, litighiamo ma per favore parliamone." Anna mi si era rivolta con voce ferma, decisa a risolvere la cosa al più presto.

"Non è tra noi che non funziona, anzi se non ci fossi tu adesso non saprei veramente cosa fare. È con me stesso che non va, che non riesco più a capire che cosa voglio fare, dove voglio arrivare. Non riesco più a capire perché la gente che ci circonda non vede quello che sta succedendo, che tutto sta andando in malora. Mi chiedo a volte come si può far finta che tutto nel mondo va bene quando ci sono milioni di persone che muoiono di fame, quando basta fare un giro per una città come Roma per vedere che c'è ancora gente che vive di stenti, che non ha un lavoro. Si fa presto a dire dipingi, scendi a compromessi e vedrai che quando sarai diventato famoso allora potrai occuparti di queste cose perché allora forse sarai ascoltato. Nel frattempo fatti i fatti tuoi. Fai i lavori che loro vogliono che tu fai e vedrai che tutto andrà per il meglio. È questo che non va, che non riesco a digerire e che a volte mi rende intrattabile. Perché se da una parte sono tentato di abbandonare l'arte e iniziare a fare un nuovo lavoro, dall'altra non voglio dargliela vinta, non voglio rinunciare a fare ciò in cui io ho sempre creduto, e bruciare tutti i sacrifici fatti sia da me che da chi mi è stato vicino sino ad ora." Risposi con calma.

"Certo è una situazione difficile che comporta in qualsiasi caso una scelta che potrebbe cambiare radicalmente la tua vita. Una volta mi raccontasti che tuo padre ti disse di non rinunciare mai ai tuoi sogni, alle cose in cui credevi, ed aveva ragione, se veramente credi in quello che fai non fermarti, continua a seguire la tua strada, anche se essa dovesse portarti lontano da me. Non sarebbe giusto rinunciare solamente perché gli altri non sono come te, e non riescono (o non vogliono) vedere oltre la loro punta del naso. Qualsiasi sia la tua decisione sappi che mi troverai sempre al tuo fianco." Anna disse queste ultime parole con voce quasi strozzata, non potei fare a meno di abbracciarla e stringerla forte verso di me.

"Forza, sbrigati, ancora stai lì con quei quadri. Dobbiamo finire di allestire se vogliamo aprire la mostra per dopodomani." Era Ezio che mi urlava di sbrigarmi a portare dentro i lavori. Non riuscivo a credere che nonostante tutte le mie perplessità, i miei dubbi ed incertezze ero arrivato ad esporre, seppur in uno spazio condiviso con altri artisti della galleria, alla Biennale di Venezia. Tutto adesso sembrava assumere un'altra dimensione, potevo sicuramente iniziare a far sentire la mia voce, ad essere testimone rumoroso di quella società bistrattata ed emarginata che magari neanche era a conoscenza di questo grande evento artistico-culturale. Anna mi avrebbe raggiunto il giorno successivo, perché era dovuta restare a Roma per ragioni di lavoro. Anche lei, come me, era super eccitata per questo avvenimento.

"Stai calmo, tanto se non allestiamo il nostro padiglione la biennale non la aprono. Cosa credi, che possano fare un'esposizione senza la nostra galleria? Siamo i migliori, e quando dico i ….. ahi!” Ezio mi zittì con uno scappellotto.

“Finalmente ti è tornato il buonumore. Visto che partecipare a grandi eventi aiuta a superare i momenti di crisi? Chissà, forse tra un po’ potrai anche dire la tua.” Disse Ezio ridendo.

Venezia una città splendida e malinconica allo stesso tempo. Tempio dell’arte e della cultura in genere. Metà città e metà borgo, dove tutto si muove con la lentezza dell’acqua della laguna, quasi un ristagnare di umori. Le calli, i ponti, le piccole piazze, tutto sembra uscire da un sogno senza tempo, tutto ha una dimensione così diafana, eterea. Sembra che qui l’orologio del tempo si sia fermato per contemplare le opere fatte dall'uomo, in silenzio per non sciuparle. I numerosi ponti sembrano fluttuare nell'aria, sopra i canali, come cime lanciate per ancorare una stradina all'altra, mentre la massa delle cupole galleggia nell'azzurro del cielo a ricordarci ancora una volta che un'intera città galleggia sul mare e che proprio da questo mare, pronto a decretarne la morte, trae la vita. Ed è proprio in questa dualistica antitesi la bellezza incantata del posto, in questa eterna lotta tra la città che tenta di resistere alla forza distruttrice del mare ed il mare stesso che è stato (e per molti aspetti lo è ancora) la salvezza e la forza della città. Non eravamo mai stati prima di allora a Venezia e, al di là della biennale, ci sentivamo felici.

Anna disse che un posto così bello
non lo aveva mai visto e che,
nonostante la malinconica visione
dell'acqua che arriva a lambire le
porte delle abitazioni, stare a Venezia
faceva sentire più uniti e più intimi.

Sale, quadri, sculture, performance,
la biennale stava dando vita e respiro
a tutta la ricerca artistica dell'ultimo
periodo. Incontri, dibattiti, proiezioni,
sembrava di vivere per un momento
in un luogo incantato dove tutto era
possibile, dove l'imprevisto era dietro
l'angolo, la sorpresa dentro ogni sala;
dove anche l'impossibile diveniva
realtà. L'opera d'arte sembrava
perdere la sua aurea di mistero e di
futile oggetto, assumendo un'aria di
denuncia; denuncia di una realtà

troppe volte filtrata ed edulcorata dai mass media, una realtà dove tutto, anche la morte in diretta, diventava spettacolo. L'opera d'arte in questo contesto assumeva quello che, secondo me, doveva essere il suo ruolo all'interno di una società civile e democratica: denuncia dello stato reale delle cose e non sovrastruttura. Ritrovarsi in un posto come Venezia a contatto con opere di grandi artisti come Luigi Ontani, Giovanni Anselmo, Carla Accardi o a performer come Joseph Beuys, non aveva paragone con niente altro. Il pensiero che uno solo degli artisti invitati potesse vedere uno dei miei lavori mi rendeva felicissimo. Sembravo impazzito, andavo da una sala all'altra fermandomi davanti ad ogni lavoro come per penetrare in esso, per impossessarmene spiritualmente: Giulio Paolini, Michelangelo Pistoletto, Giuseppe Penone, artisti che avevano un peso enorme sull'arte di tutto il mondo, ed ancora Twombli Cy, Gilberto Zorio, Sol Lewitt; mi girava la testa sembrava stessi vivendo un sogno che avrei voluto non finisse mai.

Anche il posto dove adesso vivo con Anna, che nel frattempo è diventata mia moglie, ed i miei due figli è un posto bellissimo, magico. Ho inseguito per una vita intera un ideale che mi spronasse a fare ricerca artistica, a lavorare e a dare un senso compiuto a ciò che ho sempre sostenuto essere il dovere di chi opera nel mondo dell'arte e della cultura in genere. Ancora oggi sono alla ricerca di un linguaggio nuovo, che traduca in denuncia le malefatte della realtà che ci circonda, ancora oggi mi trovo ai piedi di quell'arcobaleno che è l'arte, cercando di trasmettere ai miei figli quegli ideali di onestà, libertà ed eguaglianza, che permettono agli uomini di vivere una vita dignitosa. Assieme tentiamo di fare arte, di trasmettere queste cose agli altri attraverso il discorso artistico, ritrovandoci ogni volta, assieme ai nostri amici, ai piedi dell'arcobaleno.

FINE

I fatti e i personaggi del racconto sono solo frutto della fantasia dell'autore, ogni riferimento a persone e fatti realmente accaduti sono puramente casuali.

www.ingramcontent.com/pod-product-compliance
Lightning Source LLC
La Vergne TN
LVHW041457170726
843492LV00005B/1274